一夜限りの関係なのに美貌の公爵閣下に気に入られました

年頃の男爵令嬢ですが、溺愛は結構です！

小山内慧夢

✦

Illustration

鈴ノ助

一夜限りの関係なのに
美貌の公爵閣下に気に入られました
年頃の男爵令嬢ですが、溺愛は結構です！

c o n t e n t s

第一章　結婚よりも研究がしたい

解雇されてしまった。

締め出された門扉の前で、男爵令嬢イリニヤ・レフテラは眉間にしわを寄せた。

美しくカーブした眉が顰(ひそ)められ、眼鏡の奥で夜明け前の空のような濃紺の瞳が悲しげに……というよりは、『解(げ)せぬ』と言いたげに曇(くも)る。

イリニヤは今しがた追い出されたばかりのアッケル伯爵家の立派な屋敷を振り返る。

するとタウンハウス二階の窓のカーテンが不自然に揺れた。

あの部屋はイリニヤが家庭教師をしていた伯爵令嬢の部屋に違いない。

十二歳の彼女は勉強よりも怠惰な二度寝や友人たちとのピクニックのほうが好きだったようで、イリニヤの熱心な指導が性に合わなかったと解雇を告げられる際に聞いた。

イリニヤも二度寝やピクニックは好きだ。

それに甘いお菓子やちょっと強いお酒、よく煮込まれた牛ほほ肉……好きなものならたくさんある。

勉強は、知識を得ることは決して苦行ではない。

好きなものをより深く理解する上で非常に有益なことであると、イリニヤは考えている。

だから伯爵令嬢にも好きなものをより好きになるために知識を得て欲しかったのだが、熱意が行き過ぎていたのか煙たがられてしまったようだ。

「……仕方がないわ。馬が合わないということはままあることだし」

仕事用の眼鏡を外して懐にしまうと、緩く三つ編みにしていた濃い栗色の髪を解く。

毛量が多いため結うと重さを感じるのだ。

絡まった髪を解すために軽く頭を振って重さから解放されたイリニヤは、ぷっくりとした唇から悩まし気なため息を吐いて、鞄を持ち上げる。

ずっしりとした重量を手のひらに感じながらイリニヤは歩き出した。

イリニヤは二十二歳と結婚適齢期ながら、結婚相手を探そうとはせず地理学の研究をしている。

一言で地理学と言っても内容は多岐にわたる。

気候、地形、文化や歴史、動植物の分布。

更に民俗学や地質、社会学などあらゆる学問と接点がある。

そこには長い歴史と人類の苦悩、さらにはロマンと人々の営みが隠れているのだ。

イリニヤにとっては大事な研究対象であるが、興味のない人にとってはただの土、ただの地面であるため、研究の意義について同意を得ることは難しい。

特にイリニヤの場合は土を掘り返したり採取したりするので、変わり者と断じられることが多い。

理解されにくい学問なうえ、研究にはお金がかかる。

わけがあって実家からの援助が期待できないイリニヤは、自分の食い扶持と研究費を自分で稼がなければならない。

その点において住み込みで行う貴族子弟の家庭教師業は、イリニヤの事情に非常にマッチしていたのに。

また研究費用と生活費のために、早々に次の仕事を見つけなければならない。

イリニヤはひとまず友人のエリー一家が営む食堂兼酒場へ向かうことにした。

エリーとは同じ学校で学んだ友人だ。低位の貴族子女や商人の子供が多く通う学校で、身分の差など感じないほど意気投合した。

利発で身分に忖度せず、ずけずけと物を言うエリーにイリニヤはいつも救われている。

エリー一家が営む『森の宴亭』は立地が良く料理は勿論、うまい酒を出すことで人気があり、時折貴族もお忍びでやってくるという評判の店だ。

ランチもディナーも行列ができるため、飛び込みで手伝いに行くと非常に喜ばれる。

「こんにちは！　今日の日替わり定食はなんですかー！」

まずは腹ごしらえ、とカウベルを鳴らして店内に入る。

元気はつらつで声を掛けると同時に、給仕していたエリーが満面の笑顔で迎えてくれる。

「イリニヤ、いいところに！　ご飯の前にひと働きしてちょうだい！」

それに腕まくりして笑顔で答えると、店の隅に鞄と上着を置き身軽になったイリニヤは手を洗い厨房に入って挨拶をする。

「おじさんおばさん、手伝うね！」

幼い頃から出入りしているため、勝手知ったる森の宴亭である。

イリニヤのために常備してあるエプロンを手早く身に着けると、店主であるエリーの父親が「八番テーブル」と短く言ってできたばかりの料理の皿を渡してくる。

看板メニューの牛ほほ肉の赤ワイン煮だ。

イリニヤは大好物の香りに鼻をひくつかせながら、皿をトレイに軽やかに乗せた。

ランチタイムが落ちつき、イリニヤはエリーと並んで店主特製の塊肉サンドを頬張りながら舌鼓を打つ。

大きな塊肉に目が行くボリュームメニューだが、シャキシャキの野菜と絶妙にマッチするソースこそがこの賄いの真骨頂と言える逸品である。

「……ということで、新しい職場を探しているの」

「ふうん。アッケル伯爵のお嬢様は駄目だったか……」

エリーは最後のひと口を咀嚼するとソーダ水で流し込む。

情報通なエリーは左手を顎に当てると小さく唸る。

イリニヤにアッケル伯爵家の家庭教師を紹介した手前、責任を感じているのかもしれない。

「せっかく紹介してくれたのにごめんね。もしよければ次の働き口が見つかるまでの間、森の宴亭で働かせてくれればと思ったのだけど」

「それはもちろん構わないわ……でも、実家にしばらく顔を出していないんじゃないの？」

言外に一度顔を見せに帰れば、と匂わすエリーにイリニヤは困ったように薄く笑った。

イリニヤは男爵家の第一子として生まれたが、跡を継ぐのは弟のダニエルのはずだった。

だがダニエルは幼い頃に不幸にも崖崩れに巻き込まれ、命を落としてしまった。

我が家はもうおしまいだと嘆く父に、イリニヤは「わたしが跡を継ぐから」と励まそうとしたが逆に手酷い言葉で拒絶された。

イリニヤは両親を刺激しないように寮がある学校に入学し、そこから王立学院に転入した。

弟のときのような悲劇を二度と起こさないための、いわば『仇討ち』のような気持ちで始めた地理学の勉強だったが、いつの間にかその多様さや奥深さに夢中になってしまった。

卒業したあとは地理学の研究を続けるために、住み込みで家庭教師をしているのだ。

「うーん、そのうち顔を出すわ」

事情を知っているエリーは、それ以上詮索はしなかった。

翌日食堂の開店前に求人情報を探して街を歩いていたイリニヤは、高台にある大きな屋敷の前に転がっている土塊を発見して目を見張った。

「こ、……これはっ」

それは色の違う土が層になっているもので、普段なら地中深く深く掘らなければ見ることができない希少なものなのだ。

しゃがみこんだイリニヤは震える手で土塊に触れた。

興奮のあまり土塊を握りつぶさないように細心の注意を払いながらも、激しく胸が高鳴るのを抑えきれない自分を自覚した。

土塊を手に驚愕を隠せないイリニヤの脇を、同じような土塊を大量に積み込んだ荷車が通過する。

「ちょ、ちょっと待ってください！」

「うわ！」

急に荷車の前に回り込んで両手を広げたイリニヤに驚いた作業夫が慌てて止まる。

「なんだよ、あぶねぇな……」

「この土！　これは一体どこから運び出したのですか？」

必死なあまり食い気味で詰問してしまったが、興奮しているイリニヤは気付かない。

若い娘と鼻先が触れそうな距離に近づかれた作業夫は、顎を引いてしどろもどろになりながら口を開く。

「こ、ここの公爵様の屋敷の裏山を削って出たものだよ。な、なんでも子供のために温室とかを作るってえ話……」

「ほう！　公爵邸の裏山！　そして公爵邸にはお子さんがいらっしゃると！」

イリニヤは大きな屋敷を柵越しに覗き込む。

大きな鳥が羽を広げたような壮麗な屋敷は、タウンハウスというよりもマナーハウスと言っていいほどだ。

この辺りに屋敷を持つ公爵家と言えば、ヤルヴィレフト公爵のはず、とイリニヤが思いを巡らせていると、正面玄関から誰かが出てきた。

広いつばのついた帽子を目深にかぶった妙齢の女性は、人目を避けるようにそそくさと足早に立ち去る。

「今の人がそのお坊ちゃんの解雇された教師さあ。なんだか知らねえが、失礼を言ったんだとよ」

「解雇された家庭教師……っ」

イリニヤは目を光らせた。

自分と同じような身の上の女性にシンパシーを感じなくはないが、しかしそれ以上にイリニヤは興奮していた。

まるでパズルのピースを嵌(は)めるような感覚だった。

(今まさに家庭教師を解雇されたばかりなら……後釜は空席?)

逸(はや)る気持ちを抑えきれず、イリニヤは短く作業夫に礼を言うと正門を守る門番に声を掛けた。

「あの、恐れ入ります。こちらのお屋敷で家庭教師をお探しではございませんか?」

「……」

背が高くがっしりとした体格の門番はじろり、と鋭い視線を投げかけてくる。

公爵という高貴な家を守るのに必要な威圧感をいかんなく発揮した門番に、爽やかな笑顔を見せたイリニヤは重ねて問う。

「実はわたくし、住み込みの家庭教師の働き口を探しておりますの。先日までアッケル伯爵家で令嬢の教師をしていたイリニヤ・レフテラと申します。お手数ですが公爵様にお取次ぎをお願いできませんでしょうか」

不審げに目を細める門番に一歩も怯(ひる)むことなく、イリニヤは余所行(よそゆ)きの声で笑顔を振りまく。

教育の行き届いた門番は、頭ごなしに追い払うことなく、屋敷に事情を説明しに行ってくれた。

手を胸の前で組んでドキドキしながら待っていると、戻ってきた門番が『翌日昼過ぎに改めてお越しくださいとのことです』と、口の端だけで笑って答えた。

彼は面接の約束を取り付けてくれたのだ。

森の宴亭のランチを手伝うことはできなくなったが、面接に行くことを話すとエリーは喜んでくれ、代わりに夜営業の手伝いをすることを約束した。


翌日、身なりを整えて改めて訪問すると、昨日の門番がほんの少し態度を和らげて通してくれた。

仕事用の眼鏡と緩く編んだ三つ編みは大人しそうに見えただろうし、襟元をきっちりと留めた家庭教師スタイルが信用度を底上げしたのかもしれない。

にこやかに礼を言って門をくぐったイリニヤは、玄関に視線を転じて小さく唸る。

「うーん、それにしても門から玄関までの距離よ……」

思わず歩数を数えながら歩く。

実家のささやかな屋敷との差を考えて背筋が伸びたイリニヤがドアノッカーに手を掛ける前に、重厚な扉が開いた。

驚くイリニヤに見目麗しいフットマンが恭(うやうや)しく頭を下げた。

彼が案内をしてくれるようだ。

「ようこそ、イリニヤ・ラフテラ様。どうぞこちらへ」

「恐れ入ります」

単に家庭教師の面接を受けに来た女性に対してあまりに手厚い待遇に、イリニヤは内心目を白黒させながら片手で眼鏡を押し上げる。

（門番といいフットマンといい……このお屋敷には見目麗しい人しかいないのかしら？）

なるべく動揺を表さないように気を付けて通された応接室は、王侯貴族をもてなすために設えられたものだろうか。

あまりにきらびやかな部屋に、イリニヤは恐れおののく。

豪華絢爛なシャンデリア、さりげなく掛けられた絵画に瑞々しく活けられた花、それを引き立てる花器。

（アッケル伯爵家も裕福だと思っていたけれど……ヤルヴィレフト公爵家はまた桁違いね）

ヤルヴィレフト公爵家は四つあるマガレヴスト王国の公爵家の中でも別格である。

代々王家のお目付け役として王統を支えてきた名門大貴族。

国王ですらその意向を無視できないと言われている。

柔らかくもしっかり身体を受け止めてくれるソファは大変座り心地が良く、何時間でも座っていられそうだ。

しかしそう時間を置かず応接室に現れたのは公爵家の主ではなく執事だった。

彼もまた顔面審査があったのだろうと確信するような、見事な男ぶりであった。

きっちりと後ろに撫でつけられた髪とピシリと整えられた服装は一分の隙もなく、『公爵家の留守を預かる者』としての威厳に溢れていた。

「お待たせいたしました。執事のバウマンと申します」

（しかも声までいいとか……！　公爵家、なんて恐ろしいところなの……っ）

腰が砕けそうになりながらもなんとか体裁を保ったあいさつをしたイリニヤは、早速本題に入る。

「昨日門番の方にお話ししたように、わたくしは家庭教師としての職を探しておりまして……」

身分や学歴、そしてこれまでの職歴を披露すると、バウマンは適宜頷きながら要所要所で質問を挟んでくる。

聞き上手らしく、最初感じていた緊張はすっかり薄れ、いつの間にかイリニヤはバウマンとの会話を楽しんでさえいた。

「なるほど、地理学を学んでおられるのですか」

「ええ。弟の事故をきっかけで学び始めました。しかし王立学院で一通りの学問と、貴族としての振る舞い、社交における心得なども修めております。必ずや公爵家ご子息のお役に立てるものと確信しております」

余所行きの顔で微笑むイリニヤは確かな手応えを感じていた。

バウマンのイリニヤに対する質問も的を射ていたし、それに対する答えも問題なく返せた。

彼のイリニヤに対する扱いはけっしておざなりではなかった。

（いける……！）

イリニヤは心の中で拳を握った。

「それでは最後の質問です。結婚はされていますか？」

「いいえ、未婚です」

「おや。では、お付き合いしている男性は」

「おりません」

正直に答えるが、バウマンの表情が先ほどよりも僅かに固くなった。

おや、なんだか雲行きが怪しいぞ、と感じながらイリニヤはバウマンの質問に反射で答えていく。

「ならば婚約者は」

「おりません」

バウマンの眉がピクリと動いた。

おかしいことは言っていないはず、と思いながらイリニヤは内心眉を顰める。

二十二歳は微妙な年頃だ。

同じような年齢の貴族令嬢の多くは婚約していたり結婚していたりする者もいるが、取り立てて独身でいることがおかしい年齢ということもない。

ましてや家庭教師としては「ちょっと年上のお姉さん」という立ち位置が好まれることは多い。

イリニヤは質問の意味を測りかねたが、ここでバウマンがぐっと身体を前傾させ視線を鋭くした。

「あなたは処女ですか？」

ここが正念場か、と息を呑んだイリニヤの耳に驚くほど場にそぐわない言葉が発せられた。

「……え、っと……」

その言葉の意味をそのまま捉えてもいいのだろうか？

不安になってイリニヤは上目遣いにバウマンを見た。

その瞳はまっすぐで、冗談でも間違いでも、ましてやイリニヤに対して邪な気持ちを抱いていると は到底思えなかった。

（……そうか、女性としての慎み深さのことを言っているのね！）

昔は処女性が重要視され、未婚の女性はすべからく純潔であることが結婚の条件ですらあった。

しかし昨今は事情が変化した。

離婚や再婚が認められると、それに伴い純潔であることが重要視されなくなってきたのだ。

それについていいとも悪いとも言えないが、両方の側面があるとイリニヤは理解していた。

（しかし由緒ある公爵家に出入りするともなれば、慎み深さの証明として確認しておくべき最重要項 なのかもしれない！）

それに、なにも嘘をつけというものではない。

真実をそのまま口にすればいいだけのことなのだ。

イリニヤは眼鏡をクイ、と押し上げると笑顔で元気よく答えた。

「はい、処女です！」

その返答には恥じらいのはの字もなく、求められているであろう淑女の慎みはどこへ行ったと言い たくなるような元気さに溢れていた。

しかし残念なことに採用を確信していたイリニヤはそれに気付いていなかった。

「左様ですか」

バウマンはちょっと失礼、と腰を上げると応接間を出てすぐに手になにかを持って戻ってきた。

それは美しい花かごだった。

色とりどりの花と、なにやらリボンが掛けられた包みが入っている。

なんだろうかとイリニヤが見ていると、バウマンはテーブルにそれを置き、イリニヤのほうへ押して寄越(よこ)す。

「お疲れさまでした。たいへん残念ながら不採用とさせていただきます。」

「なぜ⁉」

思わず立ち上がったイリニヤを見上げるバウマンは、涼しい顔で口を開く。

「当家では未婚の女性、特に男性に免疫のない方を雇い入れるのを控えているのです。もしあなたが交際している男性がいるとか、婚約者がいる、若しくは人妻であるなら話は変わってくるのですが」

ならば最初に言ってくれ、という言葉が喉まで出かかったがなんとか呑み込む。

それを評価してくれたのか、バウマンは目を細める。

「いくら教養があっても慎み深くても、男性に免疫がないと我が主人を目にしたとたん我を忘れてしまう方が多くて」

その目はどこまでも冷ややかだ。

先ほどまで丁寧に相槌(あいづち)を打って、なごやかに話していたバウマンと同一人物だとは思えない。

「わたしはご子息の家庭教師として雇われたいのであって、公爵様に対してそのような不埒(ふらち)な振る舞いをするつもりでは……」

「もちろん存じております。しかしみなさん最初はそう言われるのですよ。でも結局我が主人の魅力の虜となってしまうのです」

だからこれまでは既婚者を雇っていたのに、とバウマンは大きく息を吐いた。

「バウマンさん、わたしは本当に公爵様に心を動かされることはありません。わたしが公爵家で関心を寄せるのは裏山です」

キリリ、と唇を引き結ぶイリニヤにバウマンは「裏山？」と首を傾げたが、再び花かごに手を掛けテーブルの縁ギリギリまでイリニヤに近付ける。

「個人的にそのお言葉を信じたい気持ちはあります……しかし大人の都合でコロコロと教師を変えることが幼い子供にどのような負担を強いることになるか、あなたならご理解いただけるかと。今度は男性の教師を雇おうかと考えております」

バウマンの言葉にイリニヤは抗議の声を飲み込んだ。

確かに、多感な時期に頼るべき大人である教師が頻繁に変わるのはよくないだろう。

（でも、どうしても納得できない……っ！　処女だから駄目なんて……‼）

「こちらはせめてものお詫びの品です。お納めください」

バウマンは男爵令嬢に対するには過分なほど頭を深く下げた。

そこまでされてはそれ以上ごねることもできず、イリニヤは花かごを手に公爵邸を後にした。

「……嘘をついた方が良かったかな……いや、でも嘘をつくにしてもあんな……」

森の宴亭までの道すがら、イリニヤは立派な花かごの重さを感じひとり呟きながら歩いた。

夜の営業と言っても、森の宴亭は健全な店である。

いかがわしい店とは違い客を取ったり斡旋したりすることはないため、イリニヤはランチのときと変わらぬ感覚で給仕をすることができる。

時折酒が入って気が大きくなった客が過度なボディタッチをしてきたり、下品な言葉を掛けてきたりすることはある。

だがそのたびに厨房からよく研がれた包丁を振りかざした店主が顔を出すので問題ない。

「……ということで、不採用に」

ガヤガヤと適度に騒がしい店内で今日の面接のことをエリーに説明していると、彼女はつり目気味の青い瞳をさらに吊り上げて「はあぁ?」と声を上げた。

「なにそれ！　公爵家、最悪なんだけど！」

「事情があるんだろうけど、こっちにも事情があるのよね。あーあ、どこかに今すぐわたしの処女をもらってくれる人いないかなあ。処女じゃ無くなればきっと採用してくれるに違いないのに」

公爵邸からもらった花かごをつつきながらイリニヤが愚痴る。

中には八重咲の珍しいバラが入っており、芳しい香りを放っている。

「え、なにそれ。オレが貰ってやろうか?」

話を聞いていたらしい酔客がカウンターに寄りかかり、イリニヤに笑いかける。

よくもまあその千鳥足でそんなことが言えたものだと呆れるが、イリニヤは渡りに船、と前のめりになる。

「いいの？……じゃあお願いしようかな！」

「ちょっとイリニヤ……！」

エリーが眉を吊り上げて声を上げるが、イリニヤは彼女の言葉を遮るように手のひらを広げる。

「エリー、女にはどうしても引けないことがあるのよ……！」

「いや、ここは引くところだから！　そんな誰ともわからない男を相手にするなんて駄目よ！」

語気を荒らげる幼馴染の言葉をありがたく聞きながら、イリニヤはおどけたように目を見開く。

「大丈夫だって。ちょっと入れてもらうだけだから」

「そうそう！　ちょっと出し入れするだけ〜」

ヘラヘラと軽薄な笑みを浮かべる男は、今にもよだれを垂らさんばかりにヤニ下がった顔で手を伸ばしイリニヤの肩を抱こうとした。

親密度を高めるために身体に触れようとしているのだと理解し、イリニヤはそれを受け入れようとしたが、ゾッと皮膚が粟立つのを感じ身を固くした。

まだ触れられてもいないのになぜ、と戸惑うイリニヤの耳に制止する声が聞こえた。

「やめておいたほうがいい。後悔するよ」

騒がしい店内でも、その声はやけによく通った。

涼しげなのにどこか甘いその声は、不思議な力で俯いていたイリニヤの心を震わせる。

「なんだよお前、手を離せ……って、いてぇ！」

情けなく裏返った悲鳴に顔を上げると、酔客の手首を戒めて捻り上げる男の姿があった。

イリニヤよりも頭一つ分は高い男は穏やかな顔をしていて、そんなに力を込めているようには見えなかったが、酔客は大袈裟なほどに痛がってもがいている。

優男に見えるが見かけによらず力があるのかもしれない。

そんなことを考えていると、男がイリニヤを見た。

目の覚めるような美しい顔に、イリニヤは一瞬息をするのを忘れて見つめる。

少し長めのプラチナブロンドをサイドで緩く結わえた男は、神秘的なすみれ色の瞳をゆっくりと瞬かせた。

その典雅な表情に、イリニヤの心臓は急に慌ただしく早鐘を打つ。

（なんて美しい男性だろう……生きる芸術品かな？）

「ちょっと、アディ。面倒ごとはやめてよね」

エリーがひどく冷めた声で言い放つと同時に、酔客は男の手をなんとか振りほどいて捨て台詞を吐いて立ち去った。

「くそ……っ、覚えてろ！」

「やあ、エリー。そして美しいお嬢さん、災難だったね」

しかし小者などもう眼中にないのか、アディと呼ばれた美しい男は小首を傾げるようにしてエリーに挨拶をした。

どうやら顔見知りらしい。

「助かったわ、ありがとう。今、公爵家最悪って話をしてたの」

「ええ？　どういうこと？」

「うーん……」

イリニヤは眉を顰めてあからさまに唸る。

状況から見て脱処女の相手の選択を誤ったのはわかるが、ではその代わりの手配はどうしたらいいのだろう。

「もしかして私は余計なことをしてしまったのかな」

美しい男――アディがこっそりとエリーに耳打ちをするのを聞いて、イリニヤは慌てて手を振る。

「いいえ、そうではないの。助けてくれたのにごめんなさい。ありがとう……ええと、アディ？」

イリニヤはひとつのことに集中すると些細なことが全く気にならなくなってしまう性分のため、周囲に考えが及ばないことがあるのだ。

「でも、本当に死活問題で。なるべく早く処女を捨てたいの」

淑女の慎みとは？　と問いたくなるようなあけすけなイリニヤの言葉にエリーは『あちゃあ』とばかりに顔を顰め額に手を当てる。

アディはパチパチとまつ毛を瞬かせる。

「そんなに困っているのか？　失礼かもしれないが、君はとても可愛らしいし、焦るような歳ではないと思うが」

甘い声の中に深みを感じてイリニヤはアディを見上げる。

すみれ色の瞳にはなぜか贖罪(しょくざい)の色が浮かんでいるような気がして、イリニヤはそうではない、という意味を込めて事情を説明し始めた。

地理学を学んでいることや、そのきっかけとなった弟の事故死。

実家には頼れないこと、非常に稀(まれ)な地層を発見したこと。

そして処女では家庭教師の雇用条件をクリアできないこと。

なるべく簡潔にまとめたつもりだったが、つい熱が入りすぎて早口になってしまう。

エリーは何度も聞いていることなので明後日(あさって)のほうを向いているが、しかしアディは時折相槌を打ちながら聞いてくれた。

「……というわけなの。だからどうしてもその家に家庭教師として雇われたいのよ」

「しかし、そのために純潔を捨てるなど」

困惑したように顎をさするアディにイリニヤは眉を跳ね上げる。

拳でカウンターを叩(たた)いて美しいアディの顔を睨(にら)みつける。

「わたしにとって処女より生活と研究のほうが大事なの！」

その衝撃で花かごがひっくり返りそうになるのをアディが受け止める。

イリニヤはその地層がいかに重要なのか、地理学の研究がいかに人類にとって有益であるかを滔々(とうとう)と語る。

彼女の話を聞きながらアディは花かごの中のバラを一輪抜き取る。

器用にクルクルと回して花弁に顔を寄せ、その香りを聞く様子がやけに慣れていてどきりとしてしまう。

「……将来結婚するときに不利になるかも」

アディの静かな声音は乾いた砂に落ちた水滴のようにイリニヤに沁み込む。

それを考えなかったわけではないが、イリニヤは些末事とすっぱりと切り捨てる。

「するかしないか不確かな結婚よりも目の前にある有益な研究を取る所存！　どうせ実家は……親戚の誰かが継ぐと思いますし、わたしはそちらには必要とされていないので！」

ぐっと拳を握りこんでそう言うと、自分の気持ちも固まるような気がしてイリニヤは更に脱処女への気持ちを新たにする。

しかしアディはなおも言い募る。

「好きな人ができたら……」

「わたしが処女じゃないくらいでどうこう言うような男なら、こっちから願い下げですね！」

けんもほろろに言い放つイリニヤに再び目を瞬かせたアディは、おもむろに目を細めて手を差し出す。

「？」

いったいなんの手なのだ、と訝しげに見上げるイリニヤに、アディは蕩けそうな笑顔を向ける。

「随分と潔いお嬢さんだね。じゃあ、私が協力しよう」

手を取れ、というように手を揺らす。

「ちょっと、アディ……」

エリーが焦ったように口を挟むがそれには意を介さず、アディはイリニヤから目を離さない。

妙なる美貌と笑顔にあてられて鼓動が大きく高鳴ったのを感じ、イリニヤは高速で考えを巡らせる。

（協力するってことは、わたしの脱処女を手伝ってくれるということよね？　え、この美しい人が？　本気かしら）

イリニヤは改めて目の前の美男子を上から下までよく観察する。

すらりとした身体に美しい顔。

しかしよく見れば肩もしっかりとしていて、なよなよしたところはない。

差し出された手は労働者階級ではありえない、手入れされた美しいものだった。

（所作や言葉遣いからも教養の高さを感じるから……多分裕福な商家の息子か、貴族の……次男や三男？）

貴族子弟に生まれても、継嗣となるのはほとんどが長子であるため、次男三男は婿に行くか、遠縁の爵位を継いだりする。

それでもあぶれてしまうと有閑マダムのヒモになるものもいる。

イリニヤは家庭教師として高位貴族の屋敷に出入りした際、そういう話を聞いたり実際に目にしたりすることもあった。

そのほとんどが美男子だったように思う。

（この人ほど美しいという話は聞いたことがないけれど）

イリニヤは再びアディの顔を見る。

もしもアディが女性であったら、傾国と呼ばれたに違いないと思えるほどに造作が優雅で美しかった。

「イリニヤ？」

柔らかく名を呼ばれて背筋を伸ばす。

僅かに傾けた首、上がった口角、強調される首の筋。

まさか断るわけないよね、と確信しているような顔がほんの少しだけ癪に障ったが、イリニヤは結局アディの手を取った。

「よろしく、おねがいします！」

「では参りましょう、レディ」

恭しくイリニヤの手を持ち上げたアディはその手の甲にキスをした。

なにやらもの言いたげなエリーをなんとか黙らせて、イリニヤはアディについて歩いた。

よく知る街の風景が、アディがいるだけで初めて来た場所のように感じて緊張する。

街で一番高級だと評判の宿に部屋を取り、アディが先に身を清めるために浴室へ消えた。

大きなベッドを前に、イリニヤは心臓があまりにうるさく鼓動するので、肋骨を突き破って出てくるのではないかと心配になり胸を強く抑えた。

（そんなこと、あるはずないって思うのに……もう、うるさい心臓、いっそ止まれ！）

ドンドンと胸を叩いてなんとか落ち着こうとするがうまくコントロールできないのが煩わしい。イリニヤはうろうろと室内を歩き回り、これからの手順を考える。

一応、閨(ねや)における淑女の正しい作法というものは学んだものの、実地指導を受けたわけではない。

その一方で森の宴亭で働いていれば噂話(うわさばなし)だけは豊富に入ってくるために、多少耳年増(みみどしま)になっている感は否めない。

(いや。でも、アディはわたしが処女だということは知っているのだし、彼は彼で経験が豊富そうだし、変に取り繕わずにいていいのでは?)

顎に手を当てて考える。

ベッドに大の字に寝ころんで、されるがままの自分を想像してみる。

「うわあ、ないない……」

三十年前の処女ならいざ知らず、現在は女性もある程度積極的に男女の営みに参加するものだと聞いている。

それに自分から頼んだ手前、逆にアディをリードするくらいの気持ちでいなければいけないのでは?　と妙な使命感まで頭をもたげてくる。

(ダメだわ……完全に迷子……)

頭を抱えてベッドに倒れ込んだイリニヤはシーツに顔を伏せて唸る。

「なにがないって?」

すぐそばで柔らかな声がした。

イリニヤが驚いて飛び起きると、バスローブを羽織ったアディがベッドの脇に立っていた。

「ア、アディ……」

イリニヤは彼の名前を呼んだきり固まってしまった。

艶(つや)やかなプラチナブロンドが、濡(ぬ)れてさらに輝きを増して見えた。

それを無造作に後ろへ撫でつける様は、美の女神の加護をこれでもかと授けられたに違いないという確信を得るに十分だった。

ごくん、と生唾を呑み込む音がいやに生々しく聞こえたのが恥ずかしくて、イリニヤは顔を赤らめた。

「お待たせ。イリニヤも身を清めておいで」

ふんわりとした真っ白なタオルを手渡されたイリニヤは、おぼつかない足取りで浴室に入る。

「ふふふ、かわいいな。この隙に逃げることもできただろうに」

アディは独り言ちるとタオルで髪を拭いた。

身を清める、身を清める……イリニヤは小さく呟きながら無心に身体を磨いた。

これから行われる行為を、具体的に順を追って考える。

ある種の予習である。

だが、知ってはいるものの、身についていない知識は不安でしかない。

男性がリードしてくれるとは聞いているが、それはあくまで気の知れた、好いたもの同士の間で行われる夜の営みについてである。

イリニヤがこれからしようとしているものとは根本的に違う。

（そう、愛を確かめ合う行為ではなく、ただ単に身体を繋ぐための……っ……繋ぐ……っ）

具体的に想像してしまったイリニヤは、叫び出したい衝動を必死に抑えて冷たい水を頭から被った。

「やあ、リラックスできたかい？」

「は、はあ……」

まさか水垢離をしていたとは言えず、イリニヤは曖昧に口元を歪ませた。

うまく笑顔のように見えていればいいと願いながら、バスローブを脱ぐために帯に手を掛ける。

「ちょっと待って」

「……っ」

決意が鈍らないうちにさっさと済ませてしまおうと思っていたイリニヤの手を、アディの大きな手が包んだ。

「いまならやめられる」

本当にいいのか、と念を押すアディの瞳は真剣だ。

彼にとっては面倒ごとだろうに、どうしてこんなに親身になってくれるのだろう。

イリニヤは鎖骨のあたりがギシリと軋むのを感じた。

「やめない……っ」

気持ちは固いのだと伝えたかったのに、絞り出した声が震えていたのに驚いて、思わず息を呑む。

そんなつもりはない。

特に大事にしていたわけではないし、家を継がない自分の純潔にはなんの価値もない。

（そう思っているのに……なんで、涙が出るの……っ）

ジワリと視界が揺らぎ、涙が零（こぼ）れそうになった。

（こんな時に泣くなんて、迷惑にも程がある！）

慌てて拭おうとした手を優しく戒められ、瞼（まぶた）に柔らかい感触がした。

次いでちゅう、とあからさまな音がして、アディに吸い付かれていると知る。

「なっ、ア、……アディ？」

仕上げにとばかりに舌で目のきわを舐（な）められたイリニヤは、顔から火を噴くような羞恥を覚えた。

「君の気持ちを尊重しよう。君の純潔を私がもらい受ける……さあ、身体を楽にして」

楽に、なんてできるわけがない！　そう憤慨したイリニヤだったが、額に頬（ほお）に、と性的な温度のない口付けを何度も繰り返され、次第に緊張が緩んでいった。

アディの手や唇はまるで医師の治療のように不思議な安心感があった。

とんでもないことをやってのけようとしているイリニヤの頑（かたく）なな気持ちを徐々に溶かすようだ。

（く、唇に……？）

頬に口付けた唇がイリニヤの唇を掠（かす）めて、緊張が高まる。

もっとすごいことをしようとしているのだから、当然唇にキスくらいはするだろうと、覚悟したつもりだった。

しかしアディの唇はいくら待っても唇に触れなかった。

イリニヤの戸惑いが伝わったのか、アディは僅かに片眉を上げると人差し指でイリニヤの唇を封じた。

「ここは、本当に好きな人に取っておきなさい」

「……っ」

すみれ色の瞳がなにか複雑な感情を映したような気がしたが、イリニヤにはそれがなんなのか読み取ることができなかった。


アディは紳士的だった。

言葉で辱(はずかし)めるようなことは一切しなかったし、痛みを与えることもなかった。

身体の強張(こわば)りを取るように肌に触れ、撫でさするのも、イリニヤが待ってと言えば落ち着くまで待ってくれた。

きちんと次の手順を口にして、イリニヤを怯(おび)えさせることがないように配慮してくれた。

性的な場所に触れられる前から、すでにはしたないほどにぬかるんだ脚のあわいに触れられたとき、イリニヤは大袈裟に息を呑んでしまった。

「やめようか?」

気づかわしげに覗き込んだアディの顔に蔑みの色がないことに、イリニヤはひどく安堵(あんど)した。

「ちょっと、驚いただけ……っ、あの、変じゃない? こんなに濡れていて……」

まるで行為以上のものをアディに期待しているようで、自分がひどく浅ましく感じられた。

しかしアディはそんなことはない、と静かに囁（ささや）く。

「君に痛い思いをさせたくはないからね、安心した。触れるよ？」

顎を引いて同意すると、アディの長い指が淡い和毛（にこげ）を擽（くすぐ）り秘裂を這（は）った。

ぬるぬると蜜を纏（まと）わせると指先がぬくりと潜り込む。

「あ……っ」

思わず声が引き攣（つ）れたが、アディの指は止まらなかった。

聞こえなかったのか、それとも別の事情があるのか。

しかしイリニヤはすぐに考えられなくなった。

丁寧に時間をかけて、しかし今までよりも明らかにイリニヤの官能を引き出すような動きに未知の感覚を味わっていた。

（え？　え、え？？　待って、これはなに？）

狭い蜜洞の入り口を慣らすように何度も抽送し、ザラザラしたところを擂（す）り上げる動きにおかしな声が出そうになり、自らの手で口を塞ぐ。

くぐもった声に快感が滲（にじ）んでくのを、イリニヤは信じられない思いで聞いていた。

口を閉じていられない、感情を吐露したいという衝動が溢れて止まらない。

「ふっ、……っう、うぅ……っ」

苦しげなイリニヤの声に呼応するようにアディの指の動きが激しくなる。

ぐちゅぐちゅと淫らな水音をさせて指をさらに奥まで突き入れて解（ほぐ）すように動かす。

「う、ぁあ……っ、ア、ディ……っ」

一際高い声がでて、ひくり、と腰が戦慄く。

アディの指がひどくもどかしいところを掠めたのだ。

イリニヤの蜜洞がきゅ、と収縮し指を締め付ける。

「あぁ、イリニヤ。ここがいいんだね」

蕩けるように甘い声がして、指の腹をそこに擦り付ける。

途端にイリニヤの腰が跳ね、静止の声が上がる。

「やっ、待って！　そこダメ……っ」

なぜ自分の腰が跳ねたのかわからず、イリニヤは混乱する。

しかしアディは激しくそこを責め立てる。

グチグチと耳を塞ぎたくなるような音が羞恥を煽る。

イリニヤの口からはひっきりなしに喘ぎ声が漏れた。

同時にキュウキュウと胎の中が収縮しているのがわかる。

頭の中に白い靄がかかり、それを必死に振り払うように首を振る。

なにかが近付いてきている。イリニヤは訳もわからずにアディの名を呼んだ。

「アディ、……アディ！　どうしよう、なにか……、あ！」

チカチカと目の前が白く明滅する。

身体の奥の方からなにかがせりあがって、出口を求めて暴れているようだった。

奥が切なくて、なにかに縋りたくてさまよった手がアディの首を見つけて無意識に引き寄せた。

「いいよ……イって」

「あ……っ、あ、あぁ……っ！」

きゅうう、と中が引き絞られてなにかが弾けた。

身体が弛緩して全身の毛穴が開いたような感覚がイリニヤを支配した。

意味のない喘ぎ声がただの呼吸音になり、胸の上下が落ち着いたころ、アディは再び指を蠢かし始める。

「あっ？　なに、まってまだ……っ」

さきほどの衝撃がいわゆる『気をやった』ということだと思い至るが、その余韻に浸る間もなくイリニヤの中をアディの指が暴いていく。

「ねえ、そもそもこんなに、こ……これ、必要なの？　もっとこう、簡単にしてもらっていいんだけど」

具体的なことは言えず、ずいぶんとぼやけた言葉になってしまうのがもどかしい。

イリニヤがもっている閨知識では抱き合って適度に身体に触れ挿入、子種を出すというもののため、挿入の前にこんなに時間をかける必要が果たしてあるのかおおいに疑問である。

アディは『……はぁ』とあからさまなため息をつくが、それでも指を緩慢に動かしながら口を開く。

「男性の昂る性器を受け入れるのはとても大変なことだよ。これは君が痛みを覚えないために最低限必要なことだと理解してくれ」

イリニヤは頷くが、納得いったわけではなかった。

それでも反論しなかったのは、アディの眉間に来た時にはなかった深いしわが刻まれていたのをみつけたからだ。

(そう言えば処女は面倒くさいと聞いたことがあるけれど、こういうことなのかも……そうか、そりゃそうよね。アディにしたら厄介事でしかないのか)

手間も時間もかかってしまうイリニヤの処女喪失は、アディにとって慈善行為なのだろう。

そう思うと情けなくも悲しくて気が重くなる。

なにかお礼をしなければならない、と頭の隅で考えていたイリニヤは、急に意識を引き戻された。中を解す指が増やされたのだ。

「あ……っ、や、そんな……二本も、むり……っ」

一本だけでも違和感がすごかったのに、と声を上げる。

しかしアディはやめる気はないようで、その動きをますます速めた。

「指二本でこんなにぎゅうぎゅうじゃ、まだ足りないくらいだよ。せめて三本分に慣れないと」

まさかのアディの発言にイリニヤは気が遠くなるような気がした。

それが表情に出たのだろう、アディは口の端を上げた。

「安心してくれ、夜はまだ長い」

こんなことが延々と続く夜なんて、そんなの安心できるわけない……！

イリニヤはそう叫びたかったがアディの指がまだ知らないイリニヤのいいところを見つけたために、それは叶わなかった。

もう指一本も動かせない。

イリニヤは胸元が乱れたバスローブを治す気力もなく空気を求めて喘いだ。

中を暴く指が増えるごとに快感が増していき、もう人の言葉を話すこともできない。

しかし先ほどとうとうイリニヤの隘路が三本指の責め苦を耐え切った。

かなりはしたない声を上げたような気がするが、思考に霞がかかったようになっていて、よく覚えていない。

いまも足をだらしなく開いたままだ。

淑女としてなんとか足を揃えたいが、残念ながらアディの身体が足の間に陣取っているためできない。

閉じようとしたところでアディの腰を挟むことにしかならない。

「はぁ、はぁ……、アディ……」

高みに上り詰めたイリニヤの中から指を引き抜いたアディは沈黙している。

どうしたのか、と疲労しきった身体に鞭打って頭を起こすとアディがバスローブの帯を解いていた。

その中心にそそり立つものを目にしたイリニヤは身体が強張るのを感じた。

(うそ……そんなことって!)

中を指で解される行為があまりにも衝撃的だったイリニヤは、三本分を受け入れきったことで達成感を味わっていた。

だがアディの昂りを目の当たりにした今、それが男根を受け入れるための前準備に過ぎないとやっと実感したのだ。

　本番はこれからだというのに。

「あの、アディ。あなたのソレ……」

　イリニヤは目が離せなかった。

　美しいアディに不釣り合いなほど荒ぶるソレは下腹部で雄々しく勃ち上がり、まるで違う生き物のような存在感でイリニヤを圧倒した。

「あぁ、すまない。本当はここまで大きくするつもりはなかったのだが」

　申し訳なさそうに言葉を濁したアディが、肉棒をゆるゆると扱く。

　凶悪なまでの淫らさを纏ったそれは、先端から透明な液体をこぼした。

（とてもじゃないけど、ムリだわ！）

　イリニヤの怯えた様子に気付いたのか、アディが弁解する。

「大丈夫。十分に解したし、君の負担になるようなことはしない。ただ、少し入れるだけだから」

　どこかで聞いたことのあるセリフだと思ったら、先ほどの酔客の言葉だと気付く。

　初心な女性を騙す詐欺師のような口振りに、そうではないとわかっていても身体が強張る。

　いや、もしかして自分は騙されているのでは。

　おかしな思考が湧いたが、そもそも自分がアディに頼んだことだったと、イリニヤは思い直す。

（そう、多少痛い目を見るのも自業自得というもの）

　覚悟を決めたイリニヤはきつく瞼を閉じて、両手でシーツを握りしめた。

「ええ、そうね。アディ、ひと思いにやってちょうだい」

「ひと思いにって、そんな悲壮感漂わせなくても」

首を傾げて苦笑したアディはなにやら複雑な表情を見せると、手にしていた昂ぶりをイリニヤの潤んだ秘裂にひたりと宛てる。

「！」

息を呑んだイリニヤは更にきつく瞼を閉じる。

見てしまったら決心が鈍りそうだったのだ。

しかし瞼の裏には先ほど見たアディの怒張がチラついてしまい、視覚を遮断した意味はあまりなかった。

「息をして、イリニヤ」

思ったよりも近いところからアディの声がしてイリニヤは息を止めた。

アディの吐息が唇に掛かっている。

熱でもあるのではないかと思うほど熱いそれは、言葉以外の方法でなにかを伝えようとしているようで、イリニヤは混乱する。

（なに？　なんなの？　アディ……？）

しかしその混乱は他ならぬアディによって真っ白に塗りつぶされた。

指よりも熱く太いものが秘裂に押し込まれてくる。

比較にならないほどの質量が、イリニヤの慎ましい隘路を押し広げるようにしてくる。

い。

「大丈夫、君の中に入っているのは私だ」

落ち着かせようとしているのかアディは柔らかな声で語りかけるが、イリニヤはそれどころではな
「……あ、あ……っ」

ミチミチと中を圧迫され、呼吸もままならないのだ。

「う、ぐぬぅ……っ」

プチン、と身体の中でなにかが切れるような感覚がした。

痛みを堪(こら)えるあまりおかしな声が漏れた。

数拍遅れて身体の上から「ふっ、ふふ……っ」と笑いをこらえるような声がした。

自分ではない以上、それはアディに違いない。

人が大変な思いをしているのに笑うとはどういう了見だ、とつらい身体を押してアディを睨みつける。痛みで滲んだ涙でアディの表情がよく見えない。

「すまない。でも君、この場面で『ぐぬう』って……ふふ……っ」

思い出したのかアディはクツクツと肩を震わせて笑いを収められずにいる。

アディの失礼を断じるつもりだったのに、その原因が、自分が無意識に発した言葉だと指摘され頬を赤らめる。

「うそ、わたしそんな変な声、出してた⁉」

今置かれている状況も痛みも忘れ素っ頓狂な声を上げるイリニヤは次の瞬間、中を圧迫していたも

のが自分から出て行ったことに気付いた。

「んっ！」

ずるりと長大なものが引き抜かれると、入れられるときとはまた別の感覚に襲われ身体が震えた。

アディはタオルで自身を覆い数度扱いて腰を震わせると一つ大きな息をつく。

イリニヤは息を整えながらそれを見ていた。

「こら。こんなところは見なくていいから」

片眉を上げたアディがぶっきらぼうに言い身繕いをするのを見て、イリニヤは慌てて視線を逸らす。

自分が身繕いをしているところを異性に凝視されるのは困るだろう。

失礼なことをしてしまったことを恥じる。

「さあ、これで君は処女ではなくなった。無事に採用されて研究を続けられるといいね」

「え？」

アディが身支度を整えたということは、行為の終了を表すのだとようやく悟ったイリニヤはバスローブの乱れを整えた。

乱れた姿でいることが急に恥ずかしくなったのだ。

自分もすぐに着替えようとしたイリニヤだったが、アディは考えがお見通しなのか馬を落ち着かせるように手のひらをイリニヤに向けて「どうどう」と言う。

「君はゆっくりしておいで。時間はあるから」

女性は男よりも時間がかかるものだ、と微笑むとイリニヤに風呂を勧めてくる。

（確かに身を清めたい……）

全身が汗っぽいのもそうだが、特に下腹部から足のあわい、太ももあたりをどうにかしたい。

イリニヤはアディの申し出をありがたく受けてベッドから下りる。

まだ足元がおぼつかずによろけそうになるが、支えようと差し出されたアディの手を断ってゆっくりと立ち上がる。

その際、破瓜の証としてシーツに血の染みがついているのを見て顔が熱くなる。

「あ！」

「……あぁ、君が出てくるまでに片付けておくから、気にしないで」

イリニヤに恥をかかせないよう血の跡を隠しながら、アディはにこやかな笑みを浮かべる。

それは押しつけがましくない程度に人を従える強さがあり、イリニヤの足は自然と浴室に向かうことができた。

（命令することに慣れた様子……やはりアディは貴族なのね）

それも男爵家よりも上位の。

そう思いながらイリニヤは身を清めた。

着替えて浴室から出ると、ベッドが綺麗に整えられていた。

アディは窓から外を見ながら優雅に酒を嗜んでいる。

もしかしてイリニヤのせいで森の宴亭での食事を邪魔してしまったのかもしれない。

申し訳ない要素がまた一つ追加になったことを感じながら、アディに向かって深く頭を下げた。

「なにからなにまでありがとうございました！」

濡(ぬ)れ髪(がみ)のまますぐにも宿を飛び出していきそうなイリニヤに、アディが目を見張る。

「え、今から帰るつもりかい？」

「ええ。明日の朝いちばんに例のお屋敷に突撃しようと思って！」

適当に髪をまとめるとまた頭を下げる。

顔を上げたイリニヤはなにやら言いたげにしているアディに近づくと、そっと手を握った。

「君、イリニヤ……、……ん？」

なにかを言いかけたアディは視線を落とす。

イリニヤが紙に包まれた固いなにかを握らせたのだ。

「これ、わたしの気持ちです……じゃあ」

頬を赤らめ早足で立ち去るイリニヤを見送ったアディはぽかんとしたあと、手の中の包みを見る。

慌てて包んだのか、紙が湿ってよれていた。

イリニヤの気持ちだというそれがなんなのか。

急(せ)いたアディが包みを開けると、そこには感謝を伝えるメッセージと銀貨が数枚入っていた。

安くはない金額に怪訝(けげん)そうに眉を顰めると、アディがガクリと肩を落とす。

「なにを……私はいったいなにを期待して……」

秀麗な顔に苦悩を滲ませたアディはプラチナブロンドを掻(か)き乱(みだ)した。

宿を出たイリニヤは叫び出したい衝動に駆られたが、それをやり過ごすために全速力で走った。

夜とはいえまだ人通りもある中で、真っ赤な顔で爆走するイリニヤは大変に注目を集めた。

だがイリニヤはそれを気にすることはできなかった。

（なにあれ、なにあれ――‼）

振り切ろうとしてもアディの顔が浮かんできてとてもではないが平静を保てない。

イリニヤはアディの幻を振り払うように、激しくかぶりを振った。

「うっ」

しかし初めての行為の後に全力で走りながらかぶりを振るのはあまりにも無謀過ぎた。

イリニヤは眩暈を覚え、立ち止って息を整える。

心臓が飛び出すのではないかと思うほど動悸がして、頭の中でキンキンと音がする。

（これは……走ったから……だからこんなに……）

きつく瞼を閉じて、すみれ色の瞳を頭から追い出す。

「違う、これはそんなんじゃないわ。アディは困っていたわたしを助けてくれた、いい人ってだけよ」

小さく呟いた声は誰の元へも届かずに夜の闇に溶けた。


そして翌日。

大きなトランクを持って再び公爵家を訪れたイリニヤは、怪訝な顔をするバウマンの前にいた。

「レディ・レフテラ。昨日の今日でいったいどのような用件ですか」

イリニヤは優雅に見えるように小首を傾げて眼鏡の奥で微笑む。

彼女的には余裕たっぷりに微笑んだつもりだったが、バウマンは顔を引き攣らせた。

よほど邪悪な笑みに見えたのだろう。

「ええ。処女じゃなくなったので、公爵家の家庭教師として雇っていただこうと思いまして」

バウマンはイリニヤの笑顔で察したのか、眉間に深いしわを刻む。

「レディ、それは些か強引が過ぎませんか……」

バウマンの言葉に、今度はイリニヤが目を細めた。

「昨日あなたは男性に免疫がなければ駄目だとおっしゃった。納得したわたしはなにものにも代えがたい体験をし、それを得ました。それはもう、あなたの旦那様など比べるべくもない素敵なものでした。公爵様に心を動かされることなど考えられぬほどに！」

イリニヤは昨晩、火照る頭で考えた。

いくら経験したとはいえ、『しただけ』では鉄壁のバウマンを突破できないかもしれない。

（ならば、わたしがその殿方にメロメロであるということを印象付けるのはどうかしら……？）

想う相手がいて、彼と想いを遂げて脱処女をした女ならばいくら魅力的な公爵にも目をくれず、子息の教育に邁進するだろう……あの執事はそう思ってくれるはず。

イリニヤは微笑みを保ちながら、鋭い視線でバウマンを射た。

当のバウマンはと言えば、しっかりと整えられた前髪がひと筋額に落ち、膝の上に置かれた手を握りこむ。

深い苦悩が読み取れる仕草だった。

それもそうだろう。

昨日の面接で諦めたと思っていたイリニヤが条件を満たしたと言って現れたのだ。

もしかしたら純潔を散らしたことに幾ばくかの責任を感じているのかもしれない。

彼の中では混乱と後悔とが綯(な)い交(ま)ぜになり、苦さが口いっぱいに広がっているのだろう。

イリニヤは申し訳ないと思う反面、作戦が成功したことを確信し勝ったも同然、と口角を上げる。

これでイリニヤの本気が伝わっただろう。

多少ずるいような気がするが、それは条件を後出ししたバウマンもお互い様だ。

イリニヤは純潔を捨ててでも、採用されたいのだ。

イリニヤは眼鏡を押し上げる。

（わたしの本気を見たか！）

どやあ！　と胸を張りたかったが、さすがにそんなことはできない。

せめて採用されるまでは大人しくしていよう。

しかしいくら待っても、バウマンは口を固く引き結んだまま採用とは言ってくれない。

痺(しび)れを切らしたイリニヤが採用を迫ろうと口を開いたとき、穏やかな声が耳を打った。

「いいじゃないかバウマン。採用してあげなさい」

「旦那さま、しかし……っ」

開けたドアに寄りかかるようにして胸の前で腕を組んだ男を、バウマンは腰を浮かせて旦那様、と呼んだ。

呼ばれた男が首を傾げると、少し長めのプラチナブロンドが煌(きら)めいた。

伏せられた長いまつ毛がふさ、と瞬(まばた)きする音が聞こえたような気がした。

見覚えのあるすみれ色の瞳がイリニヤに向けられる。

「ふぁ……っ⁉」

イリニヤは驚きのあまり上体を反らした拍子に眼鏡を落とす。

そして立ち上がりかけてその眼鏡を踏んで破壊し、テーブルに膝を強(したた)かに打ち付けて身悶(みもだ)えた。

ドアの前にいたのは、紛れもなく昨夜ベッドを共にしたアディだったのだ。

第二章　身分より志が大事！

結果的に『公爵様』の鶴の一声で、イリニヤの採用が決まった。

アドルフの息子であるクリストフェルは現在、前公爵夫妻——祖父母の屋敷に滞在中とのことで、戻り次第授業を開始することになった。

破損した眼鏡を作り直そうかと『公爵様』が優しく声を掛けてくれたが、イリニヤは首を激しく振ってそれを断る。

元々仕事とプライベートを分けるための小道具として、そして教師らしくない顔を大人びてみせるためのもので、なくても困らないのだ。

それよりも頭の中を整理したくて、イリニヤは助けを求めるようにバウマンを見た。

彼は彼で思うところがあるらしく、浮かない表情でメイドを呼んで、イリニヤを部屋へ案内するよう命じた。

大概の屋敷では家庭教師は個室を宛がってくれるが、基本的に使用人扱いなのでそんな広い部屋ではない。

寝台と小さなチェスト、鏡台があれば御の字である。

しかしイリニヤが案内された部屋は広くきらびやかで、寝台には天蓋まで付いていた。

「わあ、すごいお部屋……じゃない。ちょっと待って、整理させて……っ」

メイドが退室した後、ベッドに大の字になったイリニヤは盛大に独り言をつぶやく。

上品な佇まいから、貴族か裕福な商人だろうと思っていたアディが、まさか公爵様だったなんて。

(公爵様に色目を使わないことが条件なのに、その公爵様で脱処女をしてしまうとか)

バウマンにばれたらクビだ、若しくは打ち首だ。

イリニヤは恐ろしさに耐え切れずシーツの上を転がった。

それに、もう二度と会うこともないだろうアディとまた会うなんて思ってもみなかったのに。

(それも翌日……っ、あんなに恥ずかしいことをした翌日に……っ)

イリニヤには心の準備が全くできていなかった。

そのまま奇声を発しながらゴロゴロと転がっていると、上から柔らかな声が降ってきた。

「どうしたの?」

「ひゃあ!」

奇声に返答があったことに驚いて、イリニヤはばね仕掛けの人形のようにベッドから起き上がる。

顔を上げるとそこには昨夜最もイリニヤの近くにいた、美しい顔があった。

「アディ、……いいえ、アドルフ・ヤルヴィレフト公爵閣下」

焦ったイリニヤがベッドから下りて淑女の礼を取ると、アドルフは眉を顰めた。

「堅苦しいのはやめてくれないか……座って。身体は大丈夫?」

アドルフはイリニヤの肩にそっと手を置くとベッドに腰掛けるよう言う。

まるで病人に接するような言い回しにイリニヤが恐縮して肩を竦める。

なぜこんなに気遣われるのかわからずにアドルフを見返すと、彼は柔らかい笑顔を浮かべイリニヤの隣に座った。

「昨夜は身体を労わることなく、すぐに行ってしまったから心配していたんだ。まさか本当に朝一番で屋敷に来るとは思わなかった」

秀麗な眉を顰めるアドルフだったが、イリニヤはそれどころではない。
ア、ハイ……とまるで片言のような言葉しか出てこないほど緊張していた。
どうしていいかわからず言葉を探していると、アドルフがポケットをごそごそし始めた。

「イリニヤ、手を出して」

緊張で火照る顔を冷ますように扇いでいたイリニヤが手のひらを上に向けると、そこに銀貨が数枚落とされる。

それは昨夜イリニヤが対価として渡したのと同じだった。

「公爵様、これ……っ」

「これは返すよ。そんなつもりで君を抱いたわけじゃないから。それに君は私を詰ってもいい」

長いまつ毛を伏せて謝罪受け入れ態勢になったアドルフがいったいなにを言っているのかわからず、イリニヤは首を傾げる。

「あの、公爵様がどうしてそのようなことを仰るのか、わたしにはさっぱりわからないんですけれど」

昨夜アドルフはイリニヤを優しく抱いてくれた。

乱暴にするでもなく己の欲を満たすでもなく、ただ純粋にイリニヤの処女を散らすことだけをしてくれた。

それが男にとっていかに難しいことであるかは、イリニヤにもわかるつもりだ。

だから迷惑をかけた詫びにと銀貨を渡したのだ。

「私はここの主だ。あんなことをしなくても私が雇うと言えば、君は家庭教師としての職を得ることができたはず」

それをアドルフはイリニヤへの興味からしなかった。

だからイリニヤは怒っていいのだ、と言う。

しかしイリニヤは眉を顰めて首を傾げた。

「いえ、でもバウマンさんが処女じゃ雇えないって言っていたので、いくら公爵様が雇うって言ってもそれはズルでしょう？　駄目ですよね？」

曇りないまっすぐな瞳でそう言い切るイリニヤが、なんの計算でもなく本気でそう言っているのだとわかったアドルフは深く首をうなだれた。

そして再びイリニヤの手に銀貨を握らせるとその上から強く握り込む。

「とにかく、この金は受け取れない。男としてのケジメだからね」

美しい顔面の迫力に圧されたイリニヤは、仕方なくそれを受け取るのだった。

そしてふと気づけば美しい男性に手を情熱的に握られているという状況に顔が熱を持ち始める。

「あれ、顔が赤いけど大丈夫？」

美しい顔面を心配そうに寄せてくるアドルフに眩しさを感じたイリニヤは、サッと顔の前に手をかざした。

途端にアドルフの表情が曇ったが、イリニヤは言葉を探して視線をあちこちに彷徨わせていたため か気付いていない。

「あ～……、大丈夫です、公爵様。あの……わたし、なんと言ったらいいか……」

イリニヤは言葉を探して必死に頭を働かせた。

しかし隣からなにやらいい香りが漂ってきて頬が熱くなる。

組み立てた言葉が端からボロボロと崩れ去ってしまう、危険な香りだ。

「公爵様なんて他人行儀だな。君と私の仲じゃないか。ああ、でもそうだね。雇用関係にあると昨日みたいにアディと呼んでもらうのは難しいかもしれないね。私のことはアドルフと呼んでくれないか」

「どんな仲ですか――いえ、それはお許しいただきたく……公爵様か、旦那様と……」

雇用関係にあるならそう呼ぶのが妥当だろう。

しかしイリニヤの提案にアドルフは難しい顔をした。

「公爵は爵位だから厳密にいえば私本人のことではない。旦那様は――そうだな、屋敷の者はそう呼ぶがイリニヤから呼ばれるのは好ましくない」

なぜ。

好ましくないとはどういうことだ。

イリニヤは『解せぬ』と眉を寄せるが、アドルフは至極真面目に考えているようだ。

「となるとやはり『アドルフ』と親しげに呼んでもらうのが一番……」

「では、『アドルフ様』とお呼びいたします」

このままでは平行線だと感じたイリニヤは、最大限の譲歩を提案した。

目に力を入れ『これ以上は無理！』と強く睨めば、アドルフは僅かに頬を緩めた。

「あぁ、ではそうしよう。私は『イリニヤ』と呼んでいいかな？」

「……お好きにどうぞ」

アドルフは意外と我を通す性格なのだ、と理解したイリニヤは軽くため息をついた。

これまでの雇用主は特に考えることもなく『旦那様』や爵位で呼んできたうえに、このように呼び方ひとつで問答することなどなかった。

イリニヤは動揺していた。

どうして公爵はこんなにぐいぐい来るのか。

昨日のことが気まずくはないのか？

（わたしは、とっっっっても気まずいですけど！）

なにしろ自分の全てを余すところなく開示したのだ。

それこそ自分の知らないところまで……とついうっかり昨夜のことを思い出してしまったイリニヤは再び赤面する。

こっそりと視線をあげてアドルフを盗み見ると、向こうも見ていたようで視線がかち合ってしまった。

昨夜は下ろしていた前髪が今日は綺麗に撫でつけられ、プラチナブロンドの髪は馬の尾のように後ろでひとつに束ねられている。

美しい上に、いかにも高位貴族という風格が漂っている。

なんとかこの場を逃れたいと思っていたのに、イリニヤはアドルフの　絵画の如き美しさに目と心を奪われてしまう。

夜に見るのと陽（ひ）の光の中で見るのでは、見える美しさが違うと初めて知った。

「部屋は気に入った？」

少しの沈黙のあと、アドルフにそう問われたイリニヤはぐるりと部屋を見回した。とても使用人の部屋とは思えないほど豪華な設えに、『それはもう！』と言いかけ言葉を詰まらせる。

明らかに豪華すぎるのだ。

ここは恐らく公爵家の身内か、それに準ずる身分の者が使うことを想定した客間だ。

不足ではないが過分である。

どう答えたらいいか迷っていると、それを不満と捉えたのかアドルフが小さく唸った。

「ふむ。では、部屋を移動させようか。丁度私の部屋の隣が空いている」

それを聞いてイリニヤは顔を引き攣らせた。

この屋敷の主人であるアドルフの部屋の隣は、間違いなく公爵夫人のための部屋だ。

空いているのではなく『空けてある』というのが正しい。

そんな意味深な部屋を単なる家庭教師が使用するなど、烏滸（おこ）がましいにもほどがある。

「いえ、こ、このお部屋とっても素敵で気に入りました！」

イリニヤの返答に満足したのか、アドルフは目を細める。

その顔に、先ほどの質問はもしかして気兼ねなく使って欲しいということなのかもしれない、と気付く。

（気遣いすごい……、アディ、人間でき過ぎじゃない……？）

感嘆していると、アドルフが「さて」と腰を上げた。

動きを目で追うと、アドルフがにこりと微笑んだ。

「今日はゆっくりしていて。明日、裏山を案内しよう」

「う、裏山っ？」

驚いて声が裏返ってしまったイリニヤに、アドルフは堪えきれず笑みを零す。

「ははっ。君が言っていたんじゃないか。公爵家の裏山に貴重な地層があるって」

あんな雑談めいた話まで覚えてくれていたのか、とイリニヤは驚きを隠せない。

たかが使用人、と侮ることをしないアドルフに、胸が苦しくなったイリニヤはいつもの元気な声が出せず、戸惑いながら小さく頷いた。


翌日、朝食の後でアドルフと裏山に行くことになったイリニヤは、気合いを入れて準備をした。

汚れてもいいように着古したシャツに七分丈のズボン、怪我（けが）をしないように厚手の手袋と靴下、道具袋に小型のスコップと腰には採取したものを入れる袋。

完璧な装備ながら、イリニヤとアドルフは玄関前で互いの姿を見て言葉を失う。

作業する気満々のイリニヤに対して、アドルフはピクニックにでも行くような洒落(しゃれ)た出で立(いた)ちだったのだ。

「……同じところに行くとは思えないくらい温度差があるね」

「左様ですね……」

顔を見合わせて苦笑しながらふたりは裏庭に回る。

クリストフェルの温室を作っている作業夫に断ってから地層が露出しているところを観察する。

作業夫の格好と自分の格好がよく似通っていたためイリニヤは『ほら、間違っていない』と内心得意げになる。

「あれか」

手で庇(ひさし)を作り、遠くを見るため目を眇(すが)めたアドルフにイリニヤが寄り添う。

「はい。表土の下が砂の層、その下が泥の層。色が違うのがわかりますか?」

イリニヤの声が少し教師らしくなる。

アドルフが頷いたのを見ると、イリニヤはすぐに視線を崖に戻す。

「その下にあるのが火山灰の層ですね。幅からして大体一万年前の噴火のときのものでしょう。ここは台地になっているので、お屋敷を建てるのにとても良い土地ですね。ヤルヴィレフト公爵家はさすがによい土地をお持ちです」

淀みなく言うと、イリニヤはアドルフの袖口を摘まんで興味を引く。

「ねえ、あそこを見てください！　層が縦方向にずれていますよね、珍しいわ……地震などの大きな力が加わるとああなるのです！　ずれた上の層から見てあの年代は……」

断層に夢中になったイリニヤは袖口どころかグイグイとアドルフの腕を掴んで崖に近づく。

声を弾ませるイリニヤの様子に作業夫たちは手を止め、息を詰めて二人を見守っている。

「イリニヤ、落ち着いて。崖は逃げないから」

アドルフは上ばかり見ているイリニヤが転ばないように、彼女の腰を支えエスコートしている。

それがいやに自然で、作業夫たちは誰からともなく視線を外し、忍び足で移動していく。

空気を読んで休憩に入るようだった。

「さすがに専門だけあって、詳しいんだね」

ひとしきり講義を聞いたところでアドルフが声を掛けると、イリニヤはパッと花が咲くような笑顔を見せた。

「ええ、好きなんです！」

「……っ」

意表を突かれたアドルフをよそに、イリニヤは照れたように小首を傾げる。

「弟の事故が原因でこの道を志しましたが、知れば知るほど奥深くて。それに単純に地層って綺麗ですよね！　まるで異国の織物みたい……」

確かに表面だけ見ていたら気付かないほどに、崖から見える地層は色とりどりだ。

アドルフはイリニヤの感性に口元を綻ばせる。

「土が織物のようだとは斬新だな。私はそこまでとは思わないが、地層を見て瞳を輝かせているイリニヤは素敵だと思うよ？」

「な、……なにを仰っているんですか？」

急に甘い言葉を囁かれたイリニヤがアドルフを見る。

彼は視線が絡むと小首を傾げる。

「言われ慣れていないのかな？」

立派な紳士なのにそんな仕草をするとどこか可愛らしさを感じてしまい、イリニヤは照れ隠しで場違いなほど大きな声を出す。

「きょ、今日は暑いですね……っ！」

「そうだね」

アドルフは眩しいものを見るように目を細めた。


丁寧に崖を見て回り土を採取して戻ってきたイリニヤは、着替えてアドルフとランチをすることになった。

本来なら雇用主と家庭教師がこのように食卓を共にすることはないのだが、話がしたいからと請われれば断れない。

またあのことを蒸し返されるのかと警戒していたイリニヤだったが、アドルフは優雅な笑みを浮かべた。

「クリストフェルのことだが、大まかな事情は知っているかな？」

これは茶化してはいけない話だと感じたイリニヤは口元を引き締めて頷く。

クリストフェルはアドルフの実子ではない。

彼の出生事情は七年たった今でも王家の醜聞として記憶に新しい。

噂話に興味のないイリニヤの耳にも入るほどである。

クリストフェルはアドルフの婚約者であった侯爵令嬢フランカ・カルクと、現国王ヘイケンの間に生まれた子供なのだ。

＊　＊　＊

家の釣り合いを重視し、検討に検討を重ねた婚姻相手であるフランカとアドルフは長い婚約期間を経てなお、心を寄せ合うことがなかった。

アドルフは、虚栄心が強く派手好きなフランカのことをよく思えずにいたし、フランカはフランカで、容姿は美しくとも堅実で自分を甘やかしてくれないアドルフを慕うどころか毛嫌いしていた。

彼女にとって、褒められるより浪費癖や行動を窘められるほうが多い婚約者を遠ざけ、美しいと手放しに褒めてくれる男のほうにすり寄ることは当然のことだったのだ。

その男がたとえ既に王妃のいる国王だったとしても。

いや、国王が相手だからこそ彼女の虚栄心は満たされたのだろう。

女好きのヘイケンとフランカは相性が良かったらしく、国王付きの侍女という名目で王城にあがると、二人きりで部屋に籠るとかしどけない姿で寝所に侍っていたとかいう噂はすぐにアドルフの耳に入った。

アドルフが注意をすると、フランカは激昂して声を荒らげるばかりで態度を改めようとはしない。

そのうちに王妃と同時期にフランカの妊娠が発覚すると、さすがに腹に据えかねた当時のヤルヴィレフト公爵——アドルフの父親はフランカとの婚約破棄を申し出た。

それに対して王家からは『行儀見習いのため侍女として召しているだけで他意はない』、侯爵家からは『落ち度もないのに破棄には応じられない、娘も婚約の継続を望んでいる』との返答があった。

更に「アドルフの子かもしれない」と詭弁を弄し、最終的に公爵家の訴えは退けられた。

貴族の、特に国の根幹である四公の婚約と結婚は王家への申請と許可が必要になる。

アドルフと公爵家の意見は受け入れられずに却下された。

とはいうものの国王のフランカに対する寵愛は誰の目にも明らかで、アドルフは『寝取られ公子』と不名誉な噂の的となってしまう。

そして翌年、父親から公爵位を継いだアドルフはフランカが亡くなったという連絡を受けた。

ヘイケン国王の子を産んだものの、産褥から回復しなかったとのことだ。

長い付き合いだったことあり、アドルフは弔意を示そうとカルク侯爵家に悔やみ状を手配する。

生前は思うところがあったフランカだが、死してなお小言を言うほどではない。

そもそも貴族の結婚は義務で、好悪の感情とは別の物だと理解している。

侯爵家に使者を送るのとほぼ同時に、王城から急ぎ登城するように使者が来た。

アドルフが城へ向かうと、謁見の間には億劫（おっくう）そうな様子の国王と目をギラギラさせた王妃、そしてやつれた様子のカルク侯爵、そして所在無げにおくるみを抱いた侍女がいた。

おくるみの中の赤子はもぞもぞと動いてああ、とかうう、とか言っている。

泣きもせずに機嫌良くしている様子から健やかさが窺（うかが）えるが、母親を亡くしていることも知らずにいることを哀れに思う。

じっと見つめていると、なにを勘違いしたのか侍女が赤子の顔を見やすいようにアドルフのほうに身体を傾ける。

赤子は目を開いており、それが尊い『紅炎（こうえん）』の瞳だと気付いたアドルフは息を呑む。

王族のみに現れる特別な瞳の色だ。

先月王妃が産んだ、ビリエル王子と同じ。

その事実からから良くない流れを思い浮かべたアドルフに、ヘイケンが玉座から声を掛ける。

「このフランカが産んだ子は、どうしたらいいと思う？」

「……は？」

挨拶もそこそこに投げかけられたヘイケンからの質問に、アドルフは驚きを隠せない。

フランカが産んだ子供は男児なうえ、王族の特徴である稀有（けう）な『紅炎の瞳』をもっている。

このままでは将来、王妃が産んだ王子との間に権力争いが起きるかもしれない。

自分の子だという証拠がある以上ヘイケンは王城で育てるつもりだったが、王妃が断固として反対しているという。

王妃からすれば、育てるのは乳母だとしても、夫と浮気相手との子を王城で育てる気にはなれないのは理解できる。

ましてや紅炎の瞳を持つなど、彼女にとっては争いの種でしかない。

しかし生まれてきた子に罪はない。

第二子として乳母を付けて城で育てるのが妥当だろう。

そう奏上しようと口を開いたアドルフを、顔色の悪い王妃が扇で差して止める。

まだ産褥から完全に回復していないのだろう様子が窺える。

それでもこの場にいなければならぬという賢妃の強い意志を感じ、アドルフは気持ちを引き締めた。

「わらわは、わらわの産んだ子以外は王の子として認めぬ」

毅然とした態度に取り付く島はない。

ならば母親の生家で面倒をみれば、と侯爵を見ると彼は憔悴して落ち窪んだ目をせわしなく彷徨わせた。

侯爵家の地位を揺るがしかねないほどのことをしたとはいえ、最愛の娘を失ったのだ。

その悲しみは深かろう。

だが彼の口からは保身の言葉しか出てこない。

「わ、我がカルク侯爵家としては……王妃さまのおっしゃる通りだと思っております……しかし、陛下の高貴なお血筋であることもまた事実……っ」

カルク侯爵は隣国で興した事業のために王妃の実家である隣国の王家から多額の援助を得ており、それゆえ彼女のヘイケンへの輿入れを支持した人物だ。

この度の娘の勝手な所業で隣国からの援助が打ち切られ、資金難に陥った。

事業は焦げ付き、王城では王妃からのあたりがきつく針の筵だろう。

それゆえ娘の忘れ形見を引き取るなどと言いたくても言えないと見える。

だがそれはアドルフの知ったことではない。

彼は娘の不実を正せなかったばかりか、王家とヤルヴィレフト公爵家を天秤に掛け、頑なにアドルフからの婚約破棄を受け入れなかったのだ。

信用を失い、今にも切れそうな蜘蛛の糸に縋るがごときカルク侯爵の対応はお粗末としか言いようがない。

これが義父になる人物だったと思うと複雑な心境である。

「ならばいったいどうするというのです」

そもそもどうしてこの茶番に自分を呼んだのだ、と投げやりな気持ちになったアドルフは自分を見つめる冷ややかな視線に気が付き寒気を覚えた。

明らかに変わったアドルフの顔色を見ていたヘイケンが顎を軽く上げた。

「そなたは騎士に劣らぬ剣技の持ち主。評判を落とした元凶に自ら手を下したいと思わないか？」

ヘイケンの冷たい視線はまっすぐにアドルフを見ている。

なにも言えずにいると王妃が口を挟んできた。

「ヤルヴィレフト公爵は獣なら一刀のもとに切り捨てられるとか。貴方も此度(こたび)の件では煮え湯を飲んだことでしょう。それでいくらか気が晴れるのではない？」

扇を開いて顔の下半分を覆う。

見えなくともその下では煮(に)え滾(たぎ)る衝動を御せずにいるのがありありとわかった。

賢妃と名高い王妃だが、激情に駆られ冷静な判断ができないでいるらしい。

「……それほどまでに私を、公爵家をお厭(いと)いになるのですか」

アドルフは小声で唸る。

有能なヤルヴィレフト公爵家は王家のお目付け役。

言うなれば目の上のたんこぶだ。

アドルフの放つ正論は時に国王の耳に痛いのだろう。

しかし、だからといって生まれたばかりの赤子を斬れと口にするなどと――。

アドルフは奥歯を噛(か)みしめた。

ヘイケンは玉座に頬杖(ほおづえ)をついて面白そうに口許(くちもと)を歪ませている。

アドルフがどんなふうに反応するのか、高みの見物という気持ちなのだろう。

もしフランカが生きていれば、王も王妃の機嫌をとってなんとか赤子を手元に残せるよう懐柔しようとしただろうし、カルク侯爵はそれをあてこんでいたのだろう。

しかしフランカが死んでしまったら王妃の怒りを鎮める努力すら惜しみ、このありさまである。

孫とはいえ権力の前には用無しか、とアドルフは赤子を哀れに思う。

いくら浅はかな王でも、さすがに赤子を本当に斬れと思っていないのはわかる。

通常王の私生児は修道院で育てられることがほとんど。

おそらくその手はずは整っているだろう。

だがアドルフがそれを口にした途端『そら、所詮他人事と厄介ごとを回避した』とアドルフを同じ立場まで引きずり下ろしたいという魂胆が透けて見えた。

しかし賢明な王妃までもヘイケンの尻馬に乗るとは予想外だ。

自らも先月出産したばかりだというのに、それほどまでに赤子の存在を許容できないのだろうか。

アドルフは腹の底が煮えるような怒りを覚えたが、気を落ち着かせるため深く息を吸い、ゆっくりと細く吐いた。

なにが一番いい方法なのか。

素早く考えたアドルフは顔を上げヘイケンに奏上する。

「……フランカ・カルクは書類上我が婚約者のまま亡くなりました。故に彼女が産み落としたのならば私の縁者でございます。王家でも侯爵家でも引き取らないのであれば、赤子はヤルヴィレフト公爵家で引き取りましょう」

「……は？　いま、なんと？」

ヘイケンが間の抜けた声を上げた。

隣で王妃も驚いて目を丸くしている。

アドルフは考える暇を与えぬように一気に畳みかける。

「フランカ嬢が産んだ赤子は今すぐに連れて帰ります。名付けて洗礼を受けさせねば」

儀礼に則(のっと)り深く頭を下げてヘイケンの前を辞すると、迷いのない足取りで赤子に近づき戸惑う侍女からおくるみを受け取る。

「では、失礼いたします」

再び深く頭を下げると、アドルフは颯爽(さっそう)と退出した。

王城内で起こったことはみだりに口にしてはいけない決まりだが、その日のことを人々は密(ひそ)やかに噂しあった。噂は瞬く間に王城内、そして城下へと広がっていった。

しかしアドルフはそれを望んでいなかった。

人々がアドルフを賞賛するたびに、引き取った赤子――クリストフェルの出生が暴露され続けることになるからだ。


生まれた直後から公爵家で暮らしていたクリストフェルは、アドルフのことを本当の父親だと信じていた。

毎日顔を合わせていたのだから当然のことと言える。

アドルフも使用人も、このまま穏やかに健やかにクリストフェルが成長していくと思っていた。しかしクリストフェルが四歳のとき、同じ年頃の子供同士で交流する機会があった。

そこで大人の噂話を聞いていた子供が、無邪気なままにクリストフェルの出生の秘密を暴いてしまったのだ。

そのあとのことを、アドルフは未だに思い出したくもない。

クリストフェルは食事をとれないほどにショックを受けて寝込んでしまった。

アドルフは毎日クリストフェルの部屋に行き声を掛けたが、余計に彼を萎縮させることになってしまった。

アドルフの行動を理解するには、クリストフェルは幼すぎた。

ようやく彼なりに整理をつけ、心の均衡をとれるようになったクリストフェルは、今まで『お父様』と呼んでいたアドルフのことを『公爵様』と他人行儀に呼ぶようになり、それ以降ただの一度もアドルフの手を煩わせない、笑わない子供になってしまった。

* * *

アドルフは頷くイリニヤを見て、視線を遠くに向ける。

「クリストフェルは優秀ゆえに心を隠そうとする傾向がある。それは大人でも難しいことなのに、あの子はそれをやってのけてしまうのだ。そして自らの出生を知ったことで、いつもそうするようになってしまった」

美しい横顔が痛みに耐えるように歪む。

イリニヤは胸に迫るものをなんとか飲み下して口を開く。

「つまりアドルフ様は、クリストフェル様には子供らしい感情や気持ちを素直に表すようになって欲しい——そうお望みだと」

イリニヤは読み違えないように、しっかりとすみれ色の瞳を見つめた。

その視線をアドルフは受け止めて頷く。

「そうあってほしいと願う。彼には豊かな子供時代を送ってほしいのだ」

その言葉に嘘はないのだろう。

澄んだすみれ色がまるで宝石のように輝く。

あまりの美しさに思わず見惚（みと）れそうになったイリニヤは、慌てて咳払（せきばら）いをする。

「し、しかしそれは多くの貴族が子供に望む『貴族らしい振る舞い』とは真逆かと存じます。それによってクリストフェル様に対する対外的な評判が落ちる可能性については……」

子供は優秀でも器用ではない。場面によって使い分けるということができない可能性がある。

それを当たり前に求めるのは酷だし、できないからといって注意するのはおかしい。

なにより子供が混乱してしまう。

「構わない。私が一番に望むのは、クリストフェルが豊かで幸せな人生を送ることだ」

「クリストフェル様の豊かで幸せな人生が、アドルフ様が考えるものと違っていても……？」

イリニヤの質問に、アドルフは満面の笑みで答える。

あたりに花が咲いたかと思うほどの美しさに、イリニヤは咄嗟に強く瞼を閉じた。

「もちろんだ。私は息子である前に、彼を一人の人間として尊重する」

迷いなく言い切るアドルフの言葉に、イリニヤは密かに驚嘆した。

（すごいわ……どこまで出来た人なの）

実際に会うまで、イリニヤはアドルフのことを容姿の美しさと相まって人格まで美化されたのではないかと疑っていた。

しかしいま、彼の一途に息子の幸せを願う気持ちに胸が震えるほど感動した。

「承知しました……人間は氏より育ち、身分より志が大事です！　クリストフェル様が健やかに過ごせるよう、誠心誠意努めてまいります！」

「ふふ、頼もしいな。よろしく頼む」

熱意に燃えるイリニヤを楽しそうに眺めたアドルフは、にこにことカップを傾けた。

それからイリニヤは仕事で不在のとき以外はアドルフと夕食を共にするようになった。

もちろん使用人としての節度を理由に断ったのだが、クリストフェルについての相談が、と言われると頷かざるを得ない。

そして困ったように眉を下げても、心の中では嬉しいと感じてしまっている自分がいることを否定できない。

それにアドルフも楽しそうにしているように思えた。

第三章　公爵様より、名も知らぬイケメンが好き！

八日目の昼に顔合わせをしたクリストフェルは、イリニヤが会った中で最も美しい子供だった。

バウマンに付き添われて学習室にやってきた彼は、フリルスタンドカラーのシャツに深い紺色のベスト、細身のパンツを身につけていていかにも高位貴族の子息という体だ。

栗色の柔らかそうな髪に伏せたまつ毛が女の子のように長く繊細で、顎のラインが綺麗だった。

「初めまして、レディ・レフテラ。クリストフェル・ヤルヴィレフトです」

しかしその美しい顔には感情が籠っておらず、冷めた声音で挨拶をされた。

まるで目の前にいるイリニヤを認識していないようだ。

空気に対して挨拶をしているようなクリストフェルの虚ろさに、イリニヤの中でチリチリと警鐘が鳴った気がした。

「クリストフェル様、はじめまして！　どうぞイリニヤと呼んでください」

イリニヤはテーブルを回り込んでクリストフェルの前で中腰になり、目線を合わせた。

「……」

伏せたまつ毛が僅かに持ち上がり、瞳の色があらわになる——燃え盛る炎のような瞳は噂どおり『紅炎』で、このマガレヴスト王国では特別なものだ。

「クリストフェル様の瞳は朝焼けのようですね」

イリニヤの言葉にぴくり、と滑らかな頬が反応した。

横でバウマンの周囲の空気が張り詰めたのがわかったが、イリニヤは気にせず続けた。

「わたしはほら、濃い群青の瞳でしょう？　友達からは夜明け前の空の色だねって言われるんです。夜明け前の空と朝焼け……わたしたちなんだかきょうだいのようですね！」

そう言って微笑むと、クリストフェルの視線が初めてイリニヤに向いた。

紅とオレンジが混じりあった瞳が初めてイリニヤを認識する。

「……きょうだい？」

なにを言っているんだこの大人は、と言いたげな視線はイリニヤにちくちく刺さったが、それでも無関心よりはましだ。

なにより美しい紅炎の瞳に自分を映してくれたことが、イリニヤは嬉しかった。

アドルフから聞かされていた通り、クリストフェルは頭脳明晰だったが、なにごとにも関心が薄い。質問をすれば正確な答えが返ってくるが、実体がないような手応えの無さにイリニヤは困惑した。


公爵家で働き始めてから数週間経（た）ったある日、仕事から帰ったアドルフがイリニヤを執務室に呼び出した。

何事かと警戒しながら参じたイリニヤに、アドルフは笑みを浮かべながら座るように言う。

「クリストフェルはいい子だろう？」

まるで異論があるとは思っていない口振りにイリニヤは瞠目（どうもく）して言葉を詰まらせる。

もちろん、イリニヤの目から見てもクリストフェルはいい子だ。

聞き分けが良くて賢く、一を言えば十を理解する子供である。

それは確かに稀有な能力だろうが、イリニヤは少し悲しかった。

（正解がなにかすぐにわかってしまうのは面白くないだろうな）

年齢と比べて学習が驚くほど先に進んでいるのもこのせいだろう。

「ええ。まるで小さな大人のようです」

イリニヤがわずかに混ぜた賛辞以外の感情に気付いたアドルフは、心外そうに眉を吊り上げる。

「なにか言いたいことがあればどうぞ？」

「……わたしの目には、クリストフェル様はアドルフ様が望むような姿になっていないと思えて」

豊かで幸せな人生というものがどんなものなのか、イリニヤに断言はできない。

だが、少なくとも凪（な）いだ夜の湖のような瞳でいることではないように感じている。

俯いたイリニヤはそっと肩に手を置かれ身を固くする。

いつの間にかアドルフがすぐ横に来ていた。

「君は意外とせっかちだな。それを言うにはせめてあと三年は待たなければ」

「あ……」

結果を急ぎ過ぎていることに気付いて、イリニヤは顔を赤くした。

なんとかしたいと焦るあまり独りよがりになっていたようだ。

「すみません、アドルフ様のお気持ちも考えず」

アドルフは項垂(うなだ)れたイリニヤの肩をポンポンと軽く叩くと手を開くように言う。

「？」

小首を傾げながら手のひらを上に向けると、キャンディを数個握らされる。

「疲れたときは甘いものだよ」

すみれ色の瞳でウィンクを決めたアドルフに目を奪われたイリニヤだったが、すぐに我に返る。

「いつも持ち歩いているのですか？」

キャンディがアドルフの上着のポケットから出てきたことがおかしくて吹き出してしまった。


どうにかクリストフェルの興味を引きたくて、イリニヤはある日、カラフルな包装紙に包んだものを彼に差し出した。

「……これは？」

受け取るそぶりも見せないクリストフェルに挫(くじ)けそうになりながらも、イリニヤは笑顔を作る。

「あなたにプレゼントよ」

何度も目で催促すると、クリストフェルは眉を顰めながらもその包みを受け取った。

しかし中身に関心がないのかそのまま包装紙を見つめている。

「包装紙はこの場で破いちゃってもいいのよ？」

イリニヤが茶目(ちゃめ)っ気(け)たっぷりにウィンクするが、クリストフェルは顎を引いて躊躇(ためら)う。

「え、それはちょっと……」

こんなときでも育ちの良さが出てしまうクリストフェルは、破かないように丁寧に包装紙を解いた。

中身は、地理学の入門書だった。

「これは？」

「わたしの愛読書です。保管用に二冊持っていたので、わたしとお揃いですよ！」

またもやウィンクを飛ばすが、クリストフェルの心が動いた様子はない。

しかし諦めないイリニヤは息の続く限り地層や化石、古の人々の生活痕など、愛してやまない地理学について語り倒す。

うっかり興が乗りすぎてしまい、様子を見に来たバウマンに止められるほど熱中するさまに、クリストフェルは気圧(けお)されたように目を瞬かせていた。

きっとこんなに我を失った大人を見たのは初めてなのだろう。

やりすぎたかと落ち込んだが、クリストフェルはイリニヤの情熱になにか感じるものがあったようで、もじもじしながらも専門用語について聞いてきた。

それがあまりに嬉しかったイリニヤが追加で事細かに解説した結果、クリストフェルは入門書を一生懸命に読み込み、翌日に自分なりの疑問点を質問してくれた。

イリニヤは、彼が人間関係を遮断しているわけではないと理解し、勉強以外のこともどんどん話題にしていこうと誓うのだった。


天気がいいから、とクリストフェルを誘って庭の四阿（あずまや）でおやつを食べることを提案したイリニヤはなにが好きかクリストフェルに尋ねた。

「嫌いなものはないです」

優等生的な答えを返すクリストフェルに対してイリニヤは策を講じる。

屋敷の料理人に頼んで三段のティースタンドの上に、乗せられるだけたくさんの菓子を乗せてもらったのだ。

食べきれないと眉を顰めたクリストフェルだったが、イリニヤは自分の嗜好（しこう）を知っておくことも大事だと最もらしいことを口にして言いくるめる。

戸惑っていたクリストフェルも、楽しそうに菓子を選ぶイリニヤに乗せられ、おずおずと食べたいものを選び始める。

「クリストフェル様はキャラメルやチョコレートが好きなのね！」

皿に取った菓子の傾向を見ながら言うと、クリストフェルはイリニヤの皿をちらりと見る。

「そういう先生はフルーツと木の実がお好きなのですね？」

甘いもので気持ちが解（ほぐ）れたらしくいい雰囲気で会話が弾んでいると、不意に声を掛けられた。

「やあ、楽しそうだね。私も混ぜてくれないかな」

「こ、公爵様……」

それまで緩んできたクリストフェルの口許がきゅっと引き結ばれ、背筋がより正される。

フォークを持っている手にも、心なしか力が込められたようだった。

顕著な変化がみられたが、イリニヤはそれを指摘せずアドルフの同席を笑顔で受け入れる。

表面上穏やかなティータイムとなったが、「はい」や「そうですね」としか言わなくなってしまったクリストフェルの心のうちを想像してなんとかしてあげたいと思いを新たにする。

（そしてアドルフ様も顔には出ていないだろうけど、これ、絶対しょんぼりしているわね……）

アドルフへのフォローもそれとなくしておかねばと思うイリニヤだった。


最初はぐいぐい来るイリニヤに戸惑っていたクリストフェルだったが、数か月後には『フェル』『リーニャ』と呼び合う仲にまでなった。

その効果かクリストフェルは時折声を上げて笑うようになり、使用人たちとも話すようになった。

彼は特に花や樹木に興味があるようで、庭師とはよく話しているらしい。

少しずつではあるが年相応の振る舞いや、様子を見ながらではあるが、我儘（わがまま）のようなことを口にしたりすることも増えた。

クリストフェルを取り巻く環境はよい方に変化していた。

「……私を除いて、だが」

執務用の大きな机に両肘をのせ、美しい顔の前で指を組んだアドルフは低く唸る。

その形の良い眉は悩ましげに顰められ、眉間にはしわが寄っている。

イリニヤはクリストフェルの授業の進捗について報告を求められて執務室に来ていた。

アドルフと密室で二人きりにならぬよう、扉は少しあけてある。

それでもイリニヤはアドルフと距離を置き、気を付けて話す。

「まあ、アドルフ様はクリストフェル様にとって特別ですから」

落ち着いてください、というように口角を上げるイリニヤを、すみれ色の瞳が射抜く。

温厚で柔和なアドルフの剣幕に思わず及び腰になる。

「そんなことで特別になっても全然嬉しくない。君はクリストフェルに一等懐かれているからそんなことが言えるのだ。いったいどんな方法を使ってあの子と仲良くなったのだ？」

若干イライラしているのか、口調がきつくなっている。

（それほどクリストフェル様のことを気にかけているのは、とてもいいことだと思うけれど……）

イリニヤは口許を緩めながら眉を下げる。

「わたしには弟がいたので、あの年頃の子供の扱いにはアドルフ様より慣れているかと」

幼くして亡くなった弟ダニエルのことを思い出すと、まだ胸が痛む。

それを察したアドルフは語気を緩めた。

「ああ、事故で亡くなったという……」

瞼を伏せて弔意を表すアドルフに、イリニヤは軽く頷く。

長雨の直後、山に入ったイリニヤとダニエルは、崖崩れに巻き込まれた。

イリニヤは弟を助けようと必死に手を伸ばしたが気を失ってしまった。

その後ベッドの上で目を覚ましたイリニヤは奇跡的に大きな怪我はなく、擦り傷や打撲のみで助かった。

しかしダニエルは助からなかった。

嘆く父親をイリニヤは今自分ができる方法で慰めたかったのに、逆に逆鱗(げきりん)に触れてしまう。

「お前が付いていながら……っ、まさか、ダニエルをわざと助けなかったのか！」

イリニヤの胸倉を掴み、父は恐ろしい声で罵倒した。

母はただ泣き崩れていた。

今ならば悲しみのあまり正常な判断ができなかったのだとわかるが、幼いイリニヤが心の整理をつけるのには長い時間を要した。

それを見守ってくれたのは、友人のエリーとその父母だった。

「家族だからこそ見えないものがあるのです。だからわたしはあくまで他人として、クリストフェル様に寄り添います。アドルフ様はどうぞそのままで」

余計なことを話してしまった、とイリニヤは明るく昔話を打ち切るが、アドルフは神妙な顔をしてイリニヤの隣に座り、視線を合わせる。

「辛いことを思い出させてしまってすまない。でも、そんな経験をした君だからこんなに強くて優しいのだな」

真摯な響きの中に包み込むような優しさを感じ、イリニヤは胸に灯りがともったような気持ちになる。

急に照れくさくなって頭を掻くと、反対の手を握られた。

「！」

「君がいてくれて、本当に良かった。うちに来てくれてありがとう」

「……は、いえ……こちらこそ、どうも……っ」

アドルフの笑顔が眩しくてまともに見ることができなかったイリニヤは、数度咳払いをして言葉を探す。

確かにアドルフの懸念通り、クリストフェルはアドルフに対してより気を張っている傾向がある。彼にはそれが距離を置いているように見えるのだろうが、イリニヤにはそれがそんなに悪いことには見えない。

クリストフェルの意識が、ちゃんとアドルフに向いていることがわかるからだ。

いつも目で追っているし、なにかにつけ「公爵様はどうだろうか」と気にしている。

クリストフェルの思考の基準はアドルフなのだ。

これで懐いてくれないなどと嘆くのもおかしいと思うのだが……

これよりももっとクリストフェルとの仲を進展させたいと思うのならば大掛かりな梃入れが必要となるだろう。イリニヤは暫し考えてから思い付いたことを口にする。

「そうだ、アドルフ様。クリストフェル様のために後添いをもらわれてはいかがでしょう。母親の存在はきっとクリストフェル様にとっていい効果を……」

思い付きにしてはいい考えだ。

話しながらイリニヤは存外悪くない、と頭をあげて息を呑む。

アドルフが見たこともないくらい渋い表情でイリニヤを見ているのだ。

今まで感謝を湛えた瞳で見ていたのに？

あまりの表情の落差にイリニヤは狼狽えた。

(もしかしてまだ婚約者とのことを割り切れていないのかしら)

アドルフにとってそれは思い出したくない過去だろう。

それに便宜上後添いと言ったが、アドルフは初婚だ。

公爵家の家格からもそう簡単に相手が見つかるわけでもなし、無神経なことを言ってしまったと気付いたイリニヤは冷や汗をかく。

「ええと……、じゃあわたしはこの辺で……」

一旦仕切り直しが必要だと判断したイリニヤは退室しようとソファから腰を浮かせる。

途端にアドルフの視線がさらに険しくなる。

「待って」

「⁉」

鋭い声に虎の尾を踏んだ心地がして身を引こうとした手を、素早くアドルフに掴まれる。

なにをするのだ、と言おうとした口が「な」のか形で止まってしまう。

先ほどまで不本意そうに細められていたアドルフのすみれ色の瞳が、まっすぐにイリニヤに向かっている。

「君は、まるで何事もなかったようにしているけれど」

低く空気を震わす声がどこか官能を纏っているように聞こえた。

イリニヤは身体の奥がゾクリと戦慄く。

なにか言おうと口を開いたが、喉が引き攣れたようになってしまい、ただひゅう、と息が漏れる。

恐怖のようなものがせり上がり、胸が苦しい。

なにか、なにか言わなければ。

気ばかりが焦るイリニヤは、だが正体不明の動悸に支配されたように動けない。

「あの時のことを、君はどう思っているの？」

二人の間で共通するあの時とは、アレに違いない。

イリニヤは瞬時に顔が熱くなるのを感じた。

掴まれた腕から、あの時の熱情が思い出されて身体の奥が疼（うず）く。

「君はなにも言わないけれど、私は」

「あ、あのときのことは忘れてください！　アドルフ様のご親切には感謝しています！　でもわたしはあのときのことを思い出すと恥ずかしくて消えてしまいたくなるのです……っ」

あまりにも身勝手な頼みを、アドルフは見返りなく叶えてくれた。

それは感謝している。

しかしあの時のことに言及されてしまうと、どうしようもなく羞恥心がこみあげてくるのだ。

これまでふたりで話していても、あのときのことについては全く触れないので安堵していたのに。

瞼をきつく閉じて一息に言い切るイリニヤに、ため息が聞こえた。

「そう、なかったことにしたいということ？」

「え、ええ。バウマンさんからもアドルフ様に不用意に近付かないように言われておりますし、ここの応接間で初めてお会いしただけの、お屋敷のご主人様と雇われ教師という、ただそれだけの関係性を維持したく……！」

イリニヤはもう自分がいったいなにを言っているのかもわからずに、ただひたすらこの場から逃げたくて必死に言葉を紡ぐ。

（お願いだから見逃してほしい……っ、わたしがあなたにおかしな気持ちを抱いている、なんて、こと……は……？）

不意におかしな気持ちが入り込んできたことに驚いたイリニヤの身体からふっと力が抜けたそのとき、アドルフも掴んでいた手を離した。

「そうか。君はそれを望んでいるということか……わかった」

アドルフは脱力したようにソファに腰を落とすと額に手を当てた。

イリニヤは混乱しながらも今がチャンスとばかりにそそくさと執務室を出て、胸を押さえながら走った。

いくらでも早く、ここから遠ざかりたかった。

（なに？　今までなにも言わなかったのに、急に……なんで？）

走って庭の四阿まで来たイリニヤは、荒く息をついてベンチに倒れ込む。

そのまま息が整うまでそうしていると、鼻腔を花の香りが掠めた。

いつもは心が落ち着く香りなのに、今日は逆に胸が苦しくなるようだった。

＊　＊　＊

「……くそ、バウマンめ」

一人になったアドルフは執事に対して舌打ちをする。

これまでのことを考えればバウマンの懸念はもっともだと理解しているのに、同時になんて余計なことを、と苛ついているのもまた事実。

元々アドルフは女嫌いなどではない。

社交に不可欠だしそれなりに可愛らしい存在だと認識している。

しかしそれが苦手意識に変わったのは元婚約者のせいだった。

不祥事と共にアドルフが独り身であることが国中に知れ渡ると、彼を慰めようとたくさんの女性が擦り寄ってきたのだ。

未婚の女性に混じって後家はともかく既婚女性までもが色目を使って、表面上はアドルフを気遣うような美辞麗句を謳(うた)いながらねっとりとした視線を浴びせられるのがたまらなく嫌だった。

更にはクリストフェルのためにと雇った家庭教師までもがアドルフにそのような態度をとると、もうこりごりだと執事に漏らしたことも一度や二度ではない。

故にバウマンが予防線を張って、あのような条件をイリニヤに突き付けたのは仕方がないことだと理解する。

(でも、どうして……)

アドルフはどうしてイリニヤのことは他の女性のように煩わしく思わないのだろうと考える。

最初は単なる興味からだった。

アドルフの美貌を見ても動じないばかりか、自分の身を投げうつような真似(まね)をしてまで熱中するものがあることを純粋に羨ましく思った。だから——

そばで見ていたいと思った。

それはすでに叶えられている。

クリストフェルの家庭教師としてイリニヤはしっかりと努めてくれているしクリストフェルとの仲も良好で、過不足がないどころか大きな進展である。

これ以上何を望むというのか。

このままでいいではないか。

そう考えてアドルフは緩く首を振る。

今のままでいいと言えない。

アドルフはイリニヤが自分に興味がないことが悔しいのだ。

身体を繋げても態度が変わらないどころか、自分よりもクリストフェルと仲良くしているし、しまいにはクリストフェルのために後添いを、と言い出す始末。

「……なにがしたいのだ、私は」

気付けばアドルフの気持ちはイリニヤに向かっている。

なんとかしてあの夜明け前のような濃紺の瞳に自分を映してほしいと願わずにいられない。

＊　＊　＊

イリニヤはクリストフェルの興味の先を伸ばすために、野外授業に多く時間を割くようにした。

今日は裏山の散策兼地層の勉強である。

「リーニャ、早く来てください！」

クリストフェルがイリニヤを呼ぶ声が裏山に響いた。

「はーい、今行くわ。フェル」

裏庭から崖を上ったところにも地層が露出していると聞いたため、そちらに向かう。

バウマンはあまりいい顔をしなかったが、裏山に立ち入る許可をくれた。

足元が不安定だから手を繋ごうと提案したが、クリストフェルはすげなく拒否する。

これは嫌われているのではなくただ単に恥ずかしがっているのだと理解し、顔に出さないように努めるが寂しい気持ちもある。

しかし感情がどうであれ、他者に気持ちが向くことは大歓迎だとイリニヤは思う。

人を知りたいと思う気持ちは、クリストフェルの世界を広げるだろう。

イリニヤはフンスフンスと鼻息を荒くする。

あまり急いで距離を詰めすぎるのもよくないかと心配したが、いい傾向だ。

愛称も最初は二人のときだけ呼ぶようにし、徐々にみんながいるところでもそう呼ぶようにした。

(初めてその場に居合わせたアドルフ様は目を丸くしてテーブルに肘をぶつけていたっけ)

痛む肘を押さえながら驚きを隠せず、イリニヤはアドルフのすみれ色の瞳が落っこちるのではないかと心配になるほどだった。

思い出し笑いをしながら、イリニヤは追いつくのを待っていたクリストフェルに並ぶと、彼はおもむろに手を差し出す。

「ん？　どうしたの？」

「……疲れたのなら、僕がリーニャの手を引いてあげようと思いまして」

キュン！

イリニヤは胸がときめくどころか、心臓が止まりそうになって胸を押さえた。

血が繋がっていないとはいえ、クリストフェルは紛れもなくアドルフの後継者であると確信する。

小さな紳士のエスコートで地層が露出しているところまでやってきたイリニヤは、感無量になって瞼を閉じた。

（あぁ、何度見てもいい……！）

貴重な地層を前にイリニヤが涙を流さんばかりに手を合わせていると、クリストフェルが不思議そうに首を傾げた。

「リーニャ、好きなものが目の前にあるのに、目を開けないんですか？」

「……そ、そうね」

クリストフェルの冷静な一言でイリニヤは観察を開始した。

特徴を細かくスケッチし、実際に触れて採取をする。

クリストフェルの質問にも丁寧に答え、授業としても内容の濃い時間を過ごした。


ずっとしゃがみこんでいた身体を伸ばすと思ったよりも時間が経っていた。

暗くなる前に戻るようにと言われていたのに、気付けば辺りは薄暗くなり始めている。

逸る気持ちを抑えながらイリニヤはクリストフェルと屋敷への道を急ぐ。

帰り道は当たり前のように手を繋いだ。

敷地内故に遭難することこそないが、足元が悪いためだ。

「ごめんなさいね、わたしったらすっかり夢中になってしまって」

「いいえ。僕も楽しかったたし、リーニャが目をキラキラさせているのを見られてよかったです」

ギュン！　イリニヤの心臓がまた嫌な音を立てて収縮した。

クリストフェルが尊過ぎてそろそろ発光でもするのではないかと心配になってそっと見てみたが、もちろんそんなことはなかった。

「遅くまでフェルを連れ回してしまったから、きっとアドルフ様は心配しているわね」

今日は早く帰宅する予定になっているアドルフが、既にいるだろうことを考えてイリニヤが懸念を口にするとクリストフェルは目を伏せた。

「いいえ、そんなことはないと思います。裏山だし……」

しかし否定の中に僅かに期待の色が浮かんでいるのを、イリニヤは見逃さなかった。

「いいえ、アドルフ様はきっとフェルのことを心配しているわ。わたし怒られちゃうかも」

「そんなことありません！　公爵様は僕のことなんて、そんなに……気に掛けては、……」

自分で言っていてショックを受けたのか最後まで言い切ることができず、クリストフェルは項垂れてしまった。

子供らしからぬ葛藤にイリニヤの心が痛んだ。

「まあ、わたしの大切なフェルのことを『僕のことなんて』って言うのはやめてくれる？　わたし悲しいわ。あなたはみんなに愛されているのに。アドルフ様だってそうよ。あの方が優しいことを知っているでしょう？」

「でも……」

クリストフェルが言い淀む。彼も本心ではアドルフに心配してほしいのだ。

イリニヤは、それを口にしてほしくて待ったが、あと一歩勇気が足りないようだった。

「フェル、あなたが尊敬するアドルフ・ヤルヴィレフト公爵は——お父様はそんな人なの？」

「いいえ！　公爵様はそんな方では……っ」

そんな薄情な人ではないことはわかっている。

しかし自分に価値を見出せない。

たった七歳の子供がそこまで自己を否定してしまうという事実が、イリニヤはつらかった。

しかしそれを表に出さないように努めて明るい声を出す。

「ちゃんとわかっているのね、よかった！　そうよ、アドルフ様は愛に溢れて公平な方。わたしから見てもフェルに愛情をもって接しているのがよくわかるもの」

「そうかな……」

不安げにイリニヤを見上げるクリストフェルのほうを見て、イリニヤは片目をつぶった。

「ええ！　羨ましいくらい愛を感じるわ！」

だから自信を持って！　と言いたくて言葉と繋いだ手に力を込めた。

その気持ちが通じたのか、クリストフェルがイリニヤの手を握り返してくる。

よかった、伝わったのだとイリニヤが安堵したところに、クリストフェルが思いもよらない質問を投げかける。

「リーニャも、公爵様が好きなの？」

「……っ、うぐ！」

言い淀んでから失敗に気付いた。

そのままさらりと『ええ、好きよ！』というべきだった。

しかしイリニャは、クリストフェルの無垢な質問の答えを内なる自分に求めてしまった。

気持ちを立て直して笑顔を作る。

「……立派な方よね！」

不自然に力んでしまったが後戻りはできない。

このまま押し通すしかないと心を決めたイリニャだったが、クリストフェルは子供らしい純粋さで、鋭い質問を投げかけてくる。

「それは男として、ということですか？」

男として、……立派。

一瞬脳裏に良からぬことが浮かんだイリニャは、頭を振ってその不敬極まりない考えを追い出す。

「そう、人として！　公爵様は人としてご立派だわ！」

あくまで人格者であると強調したところ、クリストフェルが小さく「そうか……」と呟いたので、この話は終わった、とイリニャは安堵の息をついた。

しかし終わりではなかった。

クリストフェルはさらに切れ味鋭い質問を投げかけた。

「リーニャは好きな人いないの？」

「ん、んんっ！」

（なんなの？　フェルったら急にこんな話……っ）

大人にあるまじき動揺っぷりであると思うものの、取り繕うことができない。

イリニヤの中の悪い大人が『適当に躱せばいい』と囁く。

その通りだと思うものの、とてもそうする気にはなれない。

クリストフェルは聡い子供だ。

本心ではないことを鋭く関知してしまうかもしれない。

一度失った信頼を取り戻すことがどんなに大変か、イリニヤは知っている。

ひびが入った関係は修復できるが、ひびが入る前と同じ状態に戻ることは絶対にない。

「ゴ、ゴホン。……いるわよ、好きな人」

イリニヤは脳内に思わずアドルフを思い浮かべる。

先日クリストフェルの授業を見に来た時に、素っ気なくされたのを気にしてあとから執務室に呼ばれて相談されたときのことを思い出したのだ。

イリニヤが、照れていただけで決してアドルフを蔑ろにしていたわけではないと説明しても『そうだろうか』『何度も授業の邪魔をして迷惑だと思われているのでは』といじけたり愚痴を言ったりしているのを、不覚にも可愛いと思ってしまった。

普段はキラキラしい美貌で颯爽としているのに、クリストフェルのこととなると自信を無くしてしまうアドルフのギャップが、とても好ましいと思ってしまっている自分に気付く。

（勘違いしては駄目。アドルフ様は雇用主！）

ともすると前に出てこようとする脳内のアドルフを意識的に押し込めた。

しかし強引なアドルフはそのまま押し込められていることを良しとせず、代わりにと『アディ』を置いていく。

（ア、アディ……）

あの夜のことを思い出すと、イリニヤは冷静ではいられなくなってしまう。

イリニヤにとってアディはすぐ隣にいて、寄り添ってくれた存在だ。

もちろんアドルフがアディであることは間違いないのだが、それでもより近しく感じていることは間違いない。

「そうですよね……リーニャは大人ですもんね……好きな人くらい、いますよね」

イリニヤの沈黙をどう受け取ったのか、クリストフェルの気持ちがしぼんだような気配がした。

繋いだ手から力が抜ける。

「大人だからとか、子供だからとかではないわ。好きな人がいるということはいいことだけど、大変なんだから！」

「そうなんですか？」

キョトンとしたクリストフェルの表情からは、『好きな人がいたら毎日が楽しいんじゃないの？』という子供らしい疑問がありありと浮かんでいる。

そうではない、そうではないぞ若人よ。イリニヤは眉間にしわを寄せた。

「好きな人がいると気持ちがウキウキしたりもするけど、考えすぎてどうしたらいいかわからくなってしまったり」

（アドルフ様の考えていることがわからないから）

「いいところを見せようとしてから回ったり、失敗したり」

（基本わたしはから回ってばっかりだけど）

「失敗したときのことを思い出して夜も眠れないほど恥ずかしくなったり」

（あの時のことや、公爵家で顔を合わせたときのことを思い出すたびに震えるほど……）

言いながら手に力が入ってしまったのか、小さく「いたい……」とクリストフェルが口にして慌てて手を離す。

「あっ、フェルごめんなさい、大丈夫？」

なんでもないよ、というようにクリストフェルが微笑むが、その顔色は冴えない。

「……僕もいつか、そんなに強く人を好きになることが、できるでしょうか」

寂しそうに微笑むクリストフェルの肩を、イリニヤは強く抱いた。

「もちろんよ！　フェルは人を愛することができるし、愛される人だもの！」

イリニヤの力強さが伝わったのか、クリストフェルは微笑む。

「……はい、いつか僕も。きっとリーニャみたいに大好きな人に出逢いたいです」

クリストフェルの、心の底からの笑顔を見てイリニヤはほっこりしたが、自分のことを盛大に勘違いさせてしまったことに気が付く。

「あ、あのフェル……わたしはあの、好きな人とかは、そういう……」

「興味深い話をしているね？」

突然背後から声が掛けられて息が止まるほど驚く。

「公爵様」

「クリストフェル。まだ帰っていないというから心配して迎えに来たのだが、大丈夫のようだね」

にこやかにクリストフェルに話しかけるのは誰あろう、アドルフ本人である。

もしも彼にひとの心を読むことができていたら大変なことになるところだった。

イリニヤは激しい動悸に気付かれないよう、必死に息を詰めた。

「すみません、つい夢中になってしまって」

アドルフにはいまだに畏まって対応するクリストフェルだったが、隣にイリニヤがいるときは、それでもいくらか態度が軟化するようだ。

だが今はクリストフェルよりもイリニヤのほうが挙動不審であった。

図らずも『好きな人』と『アディ』をイコールで結んでしまったイリニヤは、とんでもないことを口走ってしまいそうで彼のほうを向くことができない。

「いいよ、クリストフェルが無事ならそれでいいんだ……レディ・イリニヤもね。さあ、着替えて晩餐にしよう」

ドキリ、と心臓が高鳴った。

彼はイリニヤのクリストフェルと繋いでいないほうの手をするりと撫でて、すぐに離れていったのだ。

その手のぬくもりがひどく気持ちをせわしなくさせる。

（わ、わたし……おかしい。発熱している……？）

カッカと火照るイリニヤは「は、はぁ……」という気のない返事を捻り出すと口を噤んだ。

＊　＊　＊

アドルフは彼らしくなく思考に沈んでいた。

頑なに閉ざされたクリストフェルの心を開いたのは、イリニヤだ。

それは間違いない。

彼女は家庭教師としてクリストフェルを導くだけでなく、愛称で呼び合うという、アドルフですらできなかったことをやってのけた。

これまでほとんど挫折を味わって来なかったアドルフは、激しい嫉妬を感じて動揺した。

そしてふと、どちらに嫉妬したのかと自問してさらに動揺した。

（私はいったい……？）

出会って数か月しか経っていないイリニヤと、七年間我が息子と思って育てたクリストフェルを同列にするべきではないと思う。

だがクリストフェルと親密になったイリニヤに嫉妬する反面、イリニヤのことを愛称で呼んでいるクリストフェルのことを狡いと思ってしまう自分を否定することができない。

(確かにイリニヤは今まで出逢ったことのないタイプの女性だ。しかし、だからといって)

初対面から規格外だった。

酒場の喧騒の中で聞き取れた内容も規格外なら彼女の決断も規格外。

無関係なのに思わず不埒者を追い払わずにはいられないほどだった。

面倒ごとは避けなければいけないのに、顔なじみのエリーが止めるのも無視してイリニヤの望みを叶えたいと思ってしまった。

執事が出したとんでもない条件も、これまでの家庭教師を見れば納得せざるを得ないことだともわかる。

しかし、すべての事情を察したならば、森の宴亭で会った時点でアドルフはイリニヤのことを無条件で雇い入れることが可能だったのだ。

それをしなかったのは、偏にイリニヤが興味深かったからに他ならない。

(いや、興味深いとは失礼かもしれない。しかし……それ以外に言いようがない。あの時は彼女から目が離せなかった)

迷いのない濃紺の瞳に引きつけられてしまった。

自分のことなどまるで気にせず前を向く彼女の瞳に、自分を映してもらいたい。

認識されたい。そう思ってしまった。

初めての欲求にアドルフは胸が疼くような気持ちだった。

（そう、初めてだった）

アドルフは胸に手を当てる。

（時間をかけて仲を深めていければいいと思っていたのに……まさか私が相手にされないことを不満に思うとは）

＊　＊　＊

ほんの少しの小言をバウマンから頂戴したイリニヤは、翌日の午後に一人で街に出ることにした。

午前の授業のあと、クリストフェルが剣術の稽古をしている間に心配をかけてしまった屋敷のみんなに、なにかお詫びの品でも買い求めようとしたのだ。

最初は手作りの菓子でも製作しようと思っていた。

だがヤルヴィレフト公爵家の料理人は食事もデザートも超一流であるため、しがない素人の手作り菓子ではとても謝意を示すことはできないと思ったからである。

（お金をかければいいというものではないけれど……）

そう言いながらもイリニヤは久々の外出に胸が躍った。

基本的に午後からは自由に使っていいことにはなっているが、イリニヤは暇があれば裏山に行っているし、そうでなければクリストフェルの剣の稽古を見学したり、図書室で読書をしたりしている。

時間が合えば庭でおしゃべりをしたり、忙しいときに手伝いを買って出るために他のメイドとも仲良くなった。

公爵家と言えば、四公という尊い家柄でもあるヤルヴィレフト公爵家は敷居が高いとずっと思っていたがそうではなかった。

アドルフは権威を振りかざして無理を言うような人物とは正反対だったし、執事のバウマンは厳しいが意外と融通が利く人物だというのがわかってきた。

(それでも、枠をはみ出たときの恐ろしさは人一倍だけれど)

イリニヤは屋敷の人々の顔を思い浮かべながら、なにがいいかとそぞろ歩いた。

(そういえば、アドルフ様は……)

アドルフから小言を言われたわけではなかったが、あのとき触れられた手の意味は。

イリニヤは右手の指を顔の前にかざして見つめた。

(偶然触れてしまった、と言えばそれまでだけど……アレにアドルフ様の意志があったと考えるのは自意識過剰かしら?)

あのあと特に彼からのサインもなかったため、イリニヤは態度を保留していた。

面と向かって聞くほどのことでもなかったような気もする。

(……うん、なんだかそんな気がしてきた！)

イリニヤはひとり歩きながら大きく頷いた。

ヤルヴィレフト公爵邸は王都のほぼ中心部にある高台に位置している。

少し南に移動すると王都最大の城下町ラクロテアがある。

王室御用達の店もたくさんあることから大変にぎわう一角だ。

イリニヤは女性陣には可愛らしくも実用的なリボン、男性にはハンカチでも、と考えながら店舗を見て回った。

（……バウマンさんには違うものを贈ったほうがいいかな？）

一番面倒と心配をかけた自覚があるイリニヤがもう少し値の張るものを、と考えていると、紳士服飾を扱う店のウィンドウに素敵なカフスボタンがあるのを発見した。

幾何学的な模様の中に黒い石がはめ込まれていて、四角四面に見えてどこか温もりを感じさせるような公爵家の執事に似合いの品に思えた。

「わあ、これ素敵。バウマンさんに似合いそう……」

「……やめておきなさい」

急に近い距離から聞き覚えのある声がして、イリニヤは悲鳴を上げた。

「ひゃ！」

肩を竦めて身を強張らせたイリニヤの肩に、声の主がそっと触れた。

一層近くなった誰かとの間の空気に混じる香りに心当たりのあったイリニヤは、ウィンドウを注視した。

そこにはイリニヤの考えた通りの人物がいた。

「アドルフ様……っ」

「ここは屋敷ではないのだから、最初のときのようにアディと呼んでくれ」

アドルフの声音に不機嫌さを感じ取ったイリニヤは眉を寄せた。

昨日裏山で長時間クリストフェルを連れ回したのがそんなに気にくわなかったのだろうか？　しかし昨日はここまで態度がおかしくはなかった。

（普通なら一晩経てば怒りや不快感は軽減されるものだけれど……もしかしてアディの場合は熟成されて深みを増す……とか？）

それならば対応も違ってくる、と気と唇を引きしめたイリニヤを見て、アドルフは片眉を上げた。

「いま、カフスを見ていた？」

質問というより尋問に近いような温度を感じたが、イリニヤはアドルフの問いに頷くことで答えた。

「それをバウマンに……と？」

ピクリ、とまたアドルフの眉が動いた。

不機嫌の度合いがまたひとつあがったようだ。

イリニヤは困惑していた。

なぜ、アドルフがこのような態度をとるのかわからなかった。

昨夜のことで怒っているのならそう言えばいいのに、なぜ買い物の品についてここまで神経をとがらせるのか。

「お詫びの品として、贈ろうかと」

イリニヤは居心地が悪くて身動ぎした。

アドルフが未だに彼女の肩に手を置いているのだ。

そしてその手はイリニヤの肩を掴むように変化している。

「意味を知っているの？」

アドルフの手に力が籠る。

「意味？　お詫び以外というなら……お世話になっているから、とかですけれど」

痛くはないが、『逃げられない』と感じるような強さが感じられて、背筋が伸びる。

アドルフの質問の意味がわからなくてイリニヤは手に汗を掻く。

素直に答えたからには解放されるのだろうか。

そんな期待をしたアドルフの気配が動いて、イリニヤの耳のすぐ横で声がした。

「女性が男性にカフスボタンを贈るのは『私を抱きしめて』という意味がある」

耳に直接吹き込むような、密やかな声音にイリニヤの背筋が震えた。

先ほどとは違う、ゾクゾクとした感覚には覚えがあった。

あの夜、散々アドルフから感じたものと同じだ。

「ひえ……っ！」

「君は、バウマンにそんな艶めかしい意味を持つものを……本当に贈る気でいるというのか？」

イリニヤは混乱していた。

耳に心臓があるようにバクバクと鼓動が忙しない。

（なんで、どうしてアディはこんな街中のウィンドウの前でこんなことをしているの⁉）

自分の顔は今、恐らく真っ赤だろうと思う。

目の前のガラスに映っているはずの自分を確認することもできない。

視線を少しでも動かして、万が一ガラス越しにアドルフと目が合ってしまったら、いったい自分はどうなってしまうのだろう。

「そ、そんな……知らない！　わたしそんな意味なんて全然……っ」

閊（つか）えながらもなんとかそう口にすると、アドルフは耳元でため息をつく。

彼の呼気がイリニヤの耳朶（じだ）にかかる。

ひくり、と身体の奥が反応したのがわかった。

「はぁ、本当かな？　君は思わせぶりな態度で人を惑わせるから」

「そ、……っなこと、していません……っ」

膝が崩れそうになって、イリニヤはウィンドウに手をつく。

すると後ろのアドルフがさらに密着してくる。

「どうしたの？　具合でも悪い？　どこかで休もうか？」

アドルフの口から出るのはイリニヤを気遣う言葉に違いない。

しかしイリニヤにはそうは聞こえなかった。

私が欲しくなってしまった？

いやらしく濡らしているのかな？

白状しなさい……

そんな幻聴が聞こえる。

頭がぼうっとなって今自分がどこにいるのかさえ、曖昧になってきた。

ああ、そう言われれば、具合が悪いのかもしれない。

イリニヤは下腹部を押さえた。

ジワリと湿った感触。

駄目だと思った瞬間、膝から力が抜けた。

「っ、イリニヤ？」

アドルフの声が焦りを帯びて、力強い腕が腰を支えたのがわかった。

なんとか全体重をかけてしまわないようにと必死にウィンドウに縋るが、ガラスではそれも叶わない。

ずるずると手が滑り落ち、だらんとぶら下がる。

しかしイリニヤにはアドルフが支えてくれてるという安心感があった。

申し訳ない気持ちももちろんありはするものの、彼の手はなによりも信頼できると、イリニヤは知っているのだ。

意識が朦朧（もうろう）とするイリニヤを、アドルフは抱き上げた。

「しっかりして。具合が悪いのに出かけるなんて……無茶をする」

「ちが、……そうじゃなくて」

さっきより柔らかくなった口調に、イリニヤは安堵の息をついて顔を伏せる。

その瞬間、イリニヤの鼻腔にふわりとアドルフの香りが広がった。

このままでは以前同じ腕の中で過ごした夜のことを思い出してしまう、と警戒したイリニヤは息を詰める。

(この香りは危険……！)

しかし既に手遅れである。

イリニヤの身体の深いところはズクズクと疼いてしまっていた。

もじもじと脚を擂り合わせると「もう少し我慢して」と優しい声で窘められてしまう。

アドルフが自分のことをこんなに心配してくれているのだ、という事実に胸が温かくなったイリニヤはもう『そうではない』とは言わず、黙って抱かれていた。

まるで自分がアドルフにとって大事な女の子にでもなった気分だった。

(今だけ……もう少しだけ、こうしていたい)

物語のヒロインにでもなったような心地を味わっていたイリニヤを連れて、アドルフが近くの宿屋に飛び込んだ。

「公爵様!?」

カウンターにいた店主が顔をあげ、驚きの声を上げる。どうやら知り合いらしい。

イリニヤはアドルフと彼を見比べてどうしたらいいかわからずにいると、頭の上から有無を言わさぬ強い声が降ってきた。

「二階の奥の部屋を借りる」

それは許可を得るものではなかった。

強者から弱者への単なる通達に過ぎない。

店主もそれは承知しているようで、素早く駆け寄ってきてアドルフの少し前を歩く。

「あの、アドルフ様……っ」

「いいから、黙って」

短い言葉でイリニヤの言葉を封じる。

らせん階段を一息に上がると左へ進んだアドルフの歩みは止まらない。

突き当りまで来るとアドルフの数歩前を行く店主がドアを開けた。

「呼ぶまで近付くな」

「……畏まりました」

振り向きもしないアドルフに頭を下げた店主になんと言ったらいいかわからないイリニヤは、彼がおどけたように片眼を閉じるのを見た。

（え……？）

その意味を確かめる間もなく、イリニヤの目の前でドアが音もなく閉められた。

室内は公爵家の客間よりは狭いが、それでも十分高級な宿だと知れた。

さりげない設えはそれでも隠し切れない高級感を放っていたし、天井には立派なシャンデリアが吊るされている。

部屋の中に扉が四つもついているということは、寝台だけではない設備が配置されているに相違ない。

そう、イリニヤの目の前にはベッドがある。

天蓋はないが、しわひとつないようにメイキングされたシーツの白さが眩しい。

恐らくこれを見たメイドのほとんどが完璧だと答えるに違いない。

「下ろすよ」

まるで壊れものでも扱うように、ベッドにイリニヤを下ろしたアドルフはその場に片膝をついた。

「どこがつらいの？　吐き気はある？　横になるかい？」

眉が顰められ、すみれ色の瞳が僅かに翳って見える。

美しい顔には心配だと大きく書いてある。

「あの、待ってアディ。わたしは大丈夫だから」

話を聞いてくれ、と振った手がアドルフによって捉えられる。

指を絡ませるようにして握り込むさまは、まるで恋人にする仕草のようでイリニヤは顔が熱くなるのを感じた。

「君は大丈夫と言いすぎる。もっと私を頼ってほしい」

顰められた眉は心の底からそう思っているとわかる。

イリニヤはそれを否定するほど人の心に疎いつもりはない。

「でも、あの。本当に大丈夫なの。具合が悪いわけではないの」

もはやアドルフには正直に打ち明けなければならないだろう。

イリニヤは息を整えて羞恥心を隠し、まるで単なる報告のように、下から仰ぎ見るアドルフと視線を合わせた。

「多分アディのフェロモンに反応して発情したんだと思うから……」

「……そうなの？」

毒気を抜かれたようなアドルフの表情が一瞬無になってから、視線が下げられた。

じっと該当箇所を見られるのは、いくら服の上からでもバツが悪い。

イリニヤはもそもそと上掛けを引っ張って腹部を隠す。

「そうなの。だから大丈夫、少し休めばきっと」

そう、この大きなベッドでゆっくり休めば元通り……。

アドルフがスッと立ち上がったことから、理解を得られたとほっとしたイリニヤだったがそうではなかった。

彼は片膝を折ってベッドに乗せると、イリニヤにのしかかるように身を寄せた。

ベッドから先ほどはしなかった軋む音が聞こえた。

まるでなにかの始まりを告げるようなそれはイリニヤを不安にさせる。

しかし、不安の中にも期待めいた感情が見え隠れしていることに、イリニヤは気付いていた。

「そんなのは大丈夫じゃない、全然大丈夫じゃない。私に責任を取らせてほしい」

この場合の責任とは。すぐに言葉の意味を咀嚼できず、頭上に大きな疑問符が浮かんだイリニヤだったが、肩を押されて背中からベッドに倒れ込んだ。

「あっ」

可愛らしい声など出ない。

転んだ時のように、動揺した声が出ただけだ。

驚きに見開いた夜明け前の濃紺の瞳は、アドルフの『らしくない』姿を目の当たりにしてさらにまん丸になる。

彼はイリニヤのドレスの裾を捲り上げようとしていた。

「ぎゃー！　アディ、どういうつもり！」

脚をじたばたさせたイリニヤだったが、アドルフは冷静そのものだ。

「君が私のフェロモンとやらに反応したなら感じやすい君のことだ、既に大いに濡れているだろう。確認しなければ。あぁ、そんなに暴れないでくれ、悪いようにはしない」

悪い、この上なく悪い！

抵抗したイリニヤだったが、あっという間に両足首を捕まえられシーツに縫い留められてしまう。

同時にアドルフの両手も封じられたことになる、と思ったのは一瞬だった。

大きく乱れたドレスのスカートに美麗な顔が近付いた。

すみれ色の瞳が細められ、目が合ったアドルフがイリニヤの視界から消えた。

「ああ、イリニヤのにおいがする」

「は……？　なにを、……ひゃっ！」

ドロワーズ越しの秘めたあわいに、熱い息遣いを感じて全身が戦慄いた。

アドルフを止めなければと思うがあまりの出来事にどうしたらいいかわからず、硬直する。

が、両手が自由だと気付いてイリニヤは上体を起こした。

なんとかアドルフを引きはがさなければ！

「アディ、……あ、やぁ……っ！」

しかしすぐにイリニヤの反撃は封じられてしまう。

潤んで熱くなったところを、もっと熱いものがぞろりと這ったのがわかった。

それは初めての感覚だった。

そのような行為があることは知識として知っていたが、単に一例として挙げられた、実践とは程遠いものだと理解していたのに。

まさか本当にそのようなことをする人間がいるとは。

（なんてこと……っ、アディ！）

以前施された指での愛撫とはまったく違う。

ドロワーズ越しに感じただけで、腰がヒクヒクと反応し目が眩むほどの快感。

「ダメ、……ダメっ！　そんなところ……！」

引きはがそうとアドルフの頭に触れるが、力が入らず逆に縋るような格好になってしまう。

ドロワーズの合わせ目から舌が侵入するとイリニヤはもう自分自身を制御できなくなる。

「あっ、あ、……あぁっ！」

秘裂をねっとりと舐め上げ、ぷくりと膨れた花芽を舌先でくすぐられる。

それだけでイリニヤの身体は達してしまいそうになる。

「や、ダメ……、本当にダメなんだってば……っ、ん、んんっ！」

アドルフの額のあたりを押して引きはがそうと試みるが、全然力が入らない。

それどころか、アドルフは花芽に更なる刺激を与えてくる。

「や、や……っ、ぁあ……‼」

敏感な部分にもかかわらずザラザラとした舌の表面を押し付けられ、舌を絡めてじゅ、と吸われると身体が震えた。

「……っ！」

声にならない声と共にイリニヤの快感が迸（ほとばし）った。

全身がカッと燃えたように熱くなり、すぐに弛緩する。

「あ、……っ、はぁ……っ」

だるい中、手を動かすとくしゃりと柔らかな髪の感触がした。

（そうだ、アディ……！）

とんでもないことをしてしまった、と顔を青くしたイリニヤだったが、彼女の心配をよそに顔を上げたアドルフはうっとりとしていた。

「あの、アディ……」

「うん」

アドルフは普段は見せないような、ギラギラとした視線で口元を乱暴に拭う。

いつも優しげな雰囲気を湛えたすみれ色の瞳は、今は全く違う趣を宿している。

「あの……、すみません」

「なにが？」

じりじりと近付いてくる美麗な顔を正面から見ることができず、イリニヤはアドルフの視線を遮るように手をかざす。

「あの、わたし、粗相を……本当にすみません」

思い出してまた顔面が熱くなる。

アドルフの顔がそこにあると知っているのに、蜜が滴るのを我慢できなかった。

（男爵家の者が公爵様にあんなことをしてしまうなんて、不敬という言葉でも足りないくらい……でも、アディだって悪いのよ……あんなことをするのだもの）

決して自分だけの失態ではないと思うイリニヤだが、雇用主であり、上位貴族であるアドルフにそれをそのままぶつけることはできないのだ。

「ふふ、こんな粗相ならばもっとして欲しいくらいだよ、可愛い人」

甘い声でとんでもなく甘いことを囁いたアドルフを見たイリニヤは、更にとんでもないものを見ることになった。

視線を遮るためにかざした手を、アドルフが舐めたのだ。

「ひっ！」

手のひらを舐められて反射的に指を丸めたが、今度は中指を甘噛みされる。

噛んで舌先でチロチロとくすぐられると、先ほどまで同じようにされていたあわいがひくり、と反応する。

まるでそこが舐められたように疼きが止まらない。

「やめ……っ」

制止する声が出たがとても弱々しく、自分の声ではないような甘さを含んでいたことにイリニヤは驚く。

（うそ？　こんな甘えた声なんて、まるでもっとして欲しいみたいな……っ）

イリニヤの考えがそのまま伝わったのか、アドルフはひたりと視線を合わせてくる。

「イリニヤ」

「は、……はい？」

辛うじて返事をしたものの、酷く掠れた聞きにくいものだったろう。

しかしそれでもアドルフには通じたらしい。

彼は慎重に低く囁く。

「君に無体なことをするつもりはないから、ちゃんと聞くね。いま私はイリニヤを抱きたいと思っている」

「！」

直接的なアドルフの言葉に、イリニヤの心臓がドクンと大きく跳ねる。

じわじわと腹の内に熱が溜まるような、覚えのある感覚が広がる。

「イリニヤのここを、私のものでいっぱいにして」

「あ、……あうぅ……っ」

ドレス越しに下腹部を撫でられる。

コルセット越しにでも伝わるアドルフの手の動きの淫靡(いんび)さに、眩暈を起こしそうになる。

「あの時は到達することができなかった奥を突き上げて……よがらせたい」

「……っ！」

アドルフが体勢を変えたかと思うと前立て部分をイリニヤに押し付ける。

そこは既に熱く、昂ぶりを隠せない……いや、アドルフには隠す気はないのだろう。

しかしイリニヤは大いに戸惑う。

慌てた様子で考えも纏まらないままに声を上げる。

「アディ、あなた……わたしを抱けるの⁉」

「……どうして抱けないと思うのか、そちらの方がわからないよ」

呆れたような声で言うアドルフが、焦れたように腰を動かす。

「イリニヤは気付いていなかったみたいだけど、私の我慢はとうに限界に達しているんだよ。そもそもなんで私より先にクリストフェルと愛称で呼び合っているのさ」

アドルフはボタンを外し、下着から大きくなったものを取り出す。

前に見たときと同じもののはずなのに、なぜか大きくなっているように思えてイリニヤは頬を引き攣らせる。

「だって、それは……フェルも懐いてくれて、だから……、あっ」

イリニヤはアドルフの雄芯から目が離せなくなった。

前のときは夜で、それなりに照明が落とされていた。

しかし今はまだ昼間だ。

窓にはレースのカーテンが引かれているとはいえ、表情も身体の隅々までよく見えてしまう。

美しいアドルフの下腹部にそそり立つ雄芯は、あまりにも官能的で攻撃的だった。

「……っ」

思わずごくりと生唾を呑んでしまったイリニヤは、それを凝視してしまっていたことを恥じ、視線を慌てて外した。

「だって、頼んでもいないのに……そんなこと、できるものなの？」

あの時は自分が頼んだからアドルフは『してくれた』のだ。

あの行為にそれ以上の意味はない、意味も求めてはいけない。

イリニヤはシーツをきつく握った。

「できるもなにも。私はできもしないものを意味もなく勃ち上げていると思われているのかな？」

アドルフが竿(さお)の裏側をイリニヤのしとどに濡れたドロワーズに擦り付ける。

グチグチとなにで濡れたか考えたくない感触とあからさまな肉の質感が、先ほどからイリニヤを刺激してやまない。

「じゃ、じゃあ……アディはまた……その……わたしに」

直接的なことを言えず口籠るイリニヤはもじもじと腰を揺らめかせる。

ひくりと反応したアドルフの昂ぶりの先端に、透明な雫が宿るのを目にしてズクンと胎が疼く。

（ああ、なんてはしたないの！　早く挿入してほしいと思っているなんて……！）

イリニヤがほんの少し腰を動かせば、アドルフが僅かに腰を進めれば挿入は成ってしまうというのに。

普段ならばそうはならない状況をまどろっこしいと思っている自分を律するだろうイリニヤだったが、今は目の前のものが欲しくてたまらなかった。

しかしアドルフは甘さの中にもどこかピリリとしたものの混じる声でのたまう。

「ああ、でもイリニヤには想う相手がいるのだったかな？」

「え？」

思いもよらないアドルフの言葉にイリニヤの目が点になる。

なんだそれは、いったいなんのことだ？

混乱するイリニヤに気付かないのかわざとなのか、アドルフは続ける。

「確かウキウキしたり、どうしたらいいかわからなくなってしまうほどに好きな相手だとか」

アドルフの言っていることがなにを指しているのかわからず眉根を寄せたイリニヤだったが、次の瞬間、脳内で話が繋がった。

裏山でクリストフェルと好きな人について話していたとき、自分が混乱のうちに話した言葉だと気付いたのだ。

（アレを聞かれていたの？）

アドルフへの気持ちが筒抜けだったことを恥ずかしく思ったイリニヤだったが、どうしてそれでアドルフが剣呑（けんのん）な雰囲気になっているのかわからず小首を傾げる。

「私は女性に無理強いはしない。気持ちを押し付けたりもしない。常に理性的であろうと努力しているつもりだ。だが、君には腹を立てている……想う相手がいるならどうしてそいつに処女をもらってくれと頼まなかったんだ？　おかげで私の気持ちは乱れっぱなしで果ては息子にまで嫉妬する始末だ」

「……」

「呆れているのだろう？　私もだ！　ほんの少し君に興味を持っただけなのに……いつのまにこんなことになってしまったのか……！　自分で自分が制御できないなんて……」

アドルフが苛立たしげに乱れた前髪をかき上げる。

その美しい顔が激しい感情で歪んでいるのを認めたイリニヤは、胸の奥を擽（くすぐ）られるような心地がして思わず肩を竦めた。

そして身体がじんわり熱くなっていくのを感じた。

「……わたしが好きな人は」

控えめに口にすると、アドルフの肩が揺れた。

「理性的で優しくて、掴みどころがなくてときどき意地悪でなにを考えているかわからなくて」

「……随分と難儀な男だな？」

解せぬ、とばかりに眉間にしわを寄せたアドルフに構わずイリニヤは続ける。

「察しがいいのに肝心なところで一歩引いてしまうような人で……わたしの初めての人なの」

初めての人、という言葉にアドルフが反応した。

それは実に曖昧な言葉だが、この場合の初めての意味をはき違えるほどアドルフは自意識が低い人間ではなかった。

正面からイリニヤを見たアドルフは、片眉を器用に上げ、唇を歪めた。

「その男はもしかして、人のよさそうな顔をして君に近づいて想いを遂げた卑劣漢かな？」

「いえ、わたしの不躾(ぶしつけ)なお願いを叶えてくれた素敵な人よ」

そう答えるとアドルフの顔に笑みが浮かんだ。

イリニヤは胸の中にジワジワとあたたかいものが広がるのを感じて目を細める。

「……ねえ、素敵な人。もしよければ初めて会った夜のようにしてほしいわ」

蜜壺がひくりと震える。

きっとアドルフからはその欲望の戦慄きがが見えてしまっているだろう。

それを恥ずかしいと思うより前に、言葉よりも雄弁に自分の気持ちを伝えてくれるだろうとイリニヤは思っていた。

（きっとアドルフだって同じ気持ちのはず……）

そっと上目でアドルフを見ると、彼はイリニヤから視線を外した。

「……いや」

僅かに掠れた声にドキリとする。

もしかして思いあがっていたのかと今さらのように羞恥心がこみあげるが、アドルフの言葉になんとも言えない顔になる。

「あの夜よりももっと濃密に君を感じたい。もっともっと君を蕩かせたい」

アドルフが差し出した手をイリニヤが取ると、身体ごと引き上げられる。

すみれ色の瞳がイリニヤの夜明け前の瞳を捉えて離さない。

ふたりはゆっくりと唇を重ね、そして舌を絡めあった。

隙間なく身体を重ねて、皮膚による接触では足りないというように抱き合う。

ふたりの身体の間で押し潰された胸の頂が擦れて、イリニヤから甘い声が上がると、アドルフは恭しい手つきで服を脱がせた。

本格的なドレスのときのようにしっかりとコルセットで覆われているわけではないため、比較的簡単に現れたイリニヤの素肌にアドルフは唇を寄せる。

「はぁん！」

首筋に口付けしてじゅ、と強く吸い付く。

その強さに、イリニヤはきっと跡になっているだろうと考える。

アドルフがつけた所有の証が肌に刻まれたことを考えると、ぶるりと背筋が震えるほどの愉悦が膨れ上がる。

「あ……、は……っ、アドルフ……っ」

プラチナブロンドの頭を抱き込むと、胸の柔らかさを確かめるように揉みしだかれる。ぐにぐにと形が変わるまで揉まれると、その頂がぷくりと赤く熟れ、立ち上がった。

「イリニヤ、感じてくれているのか？　なんて可愛らしい……」

指でつまんでくりくりと転がすと、快感がビリビリとした痺れとなってイリニヤの全身を苛む。耐え切れず身体をくねらせると逃げようとしていると勘違いしたのか、アドルフが乳嘴を転がす指に力を込めた。

「逃げないで……、逃がさないけど」

「ひ、ぁあ！」

摘まんでいるのとは逆の頂を乳輪ごと口に含むと強く吸い上げられ、イリニヤは堪らず嬌声を上げた。

脳髄が溶けるような感覚がして、あわいから蜜がじゅわ、と一気に溢れた。

とろとろと太ももを濡らすそれを指に絡めたアドルフは手入れを欠かさない、美しく整えられた指をぬくりと差し込む。

指の腹で襞を擽り押し上げ、摺り上げる。

「あ、ああ……だめ、おかしくなってしまう……っ」

過ぎた快感にしゃくりあげながら、イリニヤはアドルフに縋る。

自分の中にあった、結婚よりも研究が大事だと頑なになっていた女の部分が悦楽を得てもろもろと形をなくしていくのがわかった。

アドルフが丹念に中を捏ねるたび、イリニヤは古い皮を脱ぐように自分が新しい自分に作り替えられるような気がした。

（頭の中が、いえ身体も、わたしの全部が……、アディ一色に染まっていくみたい……っ）

「おかしくなって。イリニヤの全てを私に見せてほしい」

甘く蕩けるようなアドルフの声に、これ以上ないくらいに蕩かされたイリニヤの蜜洞は彼の熱く昂る剛直を難なく受け入れた。

二度目とはいえこんなに順調でいいのだろうかと思いつつ、アドルフと繋がれたという安堵からイリニヤはほう、と大きく気をついて、アドルフの首に腕を回す。

「アディ、わたし……胸がいっぱいで……」

ギュ、と抱きしめながら口角を上げる。

中に大きなものを咥えこんでいる違和感はあるものの、それ以上にアドルフへの想いがイリニヤを満たしていた。

男女の交合だけに夢中になる人たちの気が知れない、と思っていたイリニヤは密かに認識を改めた。

（いやらしい気持ちだけではないのは理解していたつもりだったけれど……こんなに多幸感が得られるなら、この行為に夢中になってしまう気持ちもわかるわ……）

彼の首に回した腕に力を籠めると、察してくれたのかアドルフが身を寄せてくる。

重さと体温、そして感じるアドルフの体臭に僅かに混じる汗の匂い。

（淑女として人の匂いを嗅ぐなんて失礼なことだと思っていたけれど……癖になってしまいそう）

イリニヤはこっそりとすんすんと鼻を鳴らす。

「……イリニヤ、つらくない？」

耳元でアドルフがイリニヤを気遣う。

それが嬉しくてイリニヤはにっこりと微笑む。

「ええ、大丈夫」

これくらいの違和感ならば、アドルフのために我慢できる。

そう心から思っていたイリニヤだったが、アドルフの言葉に大事なことを思い出すこととなる。

「じゃあ、……動くね」

「あ、……は、ぁ……っ？」

蜜洞いっぱいになった昂ぶりがゆっくりと引かれていく。

じりじりと蜜襞を刺激する動きに、イリニヤは思わず声を上げた。

さきほど挿入前に花芽を口に含まれたのとはまた違う快感が波となって押し寄せてきたのだ。

「ひ、ぁあ？　あっ、まって……？」

「痛いかい？　でも、声は気持ちよさそう……っ、ほら……奥とか」

ぐ、と腰を進めてぐりぐりと先端を押し付けるとそれを喜ぶように腰が戦慄(わなな)き、蜜洞が収縮する。

その度にイリニヤの胸は歓喜に震える。

「あっ、アディ……アディ……っ！」

以前はなかった抽送はイリニヤを酷く混乱させた。痛かったり不快だったりしたわけではないが、
自分が今どこにいるのかすらわからなくなるような快楽は初めてだったのだ。

（待って、待って……っ！　前はこんなじゃなった……っ‼）

必死にアドルフに縋りつくイリニヤは彼の背中に爪を立て、引き締まった腰に脚を絡めている事にも気付かずにただただ、快楽の海に溺れないように必死で喘ぐことしかできなかった。

「アディ、怖い……っ、なんだか飛んで行ってしまいそう……っ」

切れ切れに限界を伝えるとアドルフは腰を打ち付けながらもイリニヤに口付けをする。

「ああ、そうだね、私も……っ」

抽送が一層激しくなると、イリニヤの瞼の裏で火花がちらつく。

チカチカと明滅するそれに呼応するようにイリニヤの意識が一寸の間、途切れる。

「あ、ぁあっ、アディ……っ」

「イリニヤ……っ」

ぎゅうう、と蜜洞が収縮するとイリニヤの額の上あたりで光が弾けた。

視界が真っ白になり身体が浮き上がるような感覚のあと、アドルフの低くくぐもった声と共に熱い飛沫（しぶき）が奥に放たれたのがわかった。

（ああ、……やっぱり以前のとは……全然、違う……）

すべてが満たされたような充足感と共に、イリニヤは意識を失った。


次に目が覚めたときはヤルヴィレフト公爵家にある自室のベッドの上だった。

一瞬なにがどうなったのかわからず、ばね仕掛けの人形のように跳ね起きると、イリニヤは周囲を見回した。

「……夢？　でもわたし、確かに……」

城下町の宿屋でアドルフと一緒にいたはず。

自身を抱きしめると、自分の身体なのにどこか違うような気がした。

首を捻りながらベッドから下りると、途端に中からどろりとしたものが流れ出てきて慌ててしゃがみこむ。

（月のものが……？　いいえ違う……っ）

その正体がアドルフの放ったものだと気付いてイリニヤは顔が熱くなるのを感じた。

途端にアドルフから受けた愛撫の数々を思い出し身体が熱くなる。

（わたし、いえわたしたち……想い合っていた……？）

アドルフの唇から自分の名前が零れるたびに、愛(いと)しさが増していくようだった。

息を奪い合うように口付けをして身体を重ねて、何度も何度も奥を穿(うが)たれたあの恍惚(こうこつ)。

（いやだ、思い出しただけで……）

下腹部がひくりと反応するのを恥ずかしく思っているとドアがノックされ、侍女のアニタが入ってきた。

「あ、イリニヤ先生！　起きて大丈夫ですか？」

音をたてながらカートを押していたアニタはベッドの下に蹲(うずくま)っていたイリニヤを支え、ベッドに腰掛けさせた。

「あのわたし……どうやって帰ってきたのかしら？」

「覚えていないんですか？　街で倒れたイリニヤ先生を偶然通りがかった旦那様が馬車で連れ帰ってくれたそうですよ」

体調悪いなら無理しないでください、とアニタが手をぎゅっと握った。

「そうだったのね、ありがとう。……アドルフ様にもお礼を言わなきゃ」

なんとか取り繕ってくれたことにイリニヤは安堵を覚えるのと同時に、気持ちがしぼんだのを感じた。

アドルフと自分は身分が違う。

しかも雇用主と家庭教師。

更にはバウマンからアドルフに興味を持つなと、きつく言われていることを思い出したのだ。

（それに、クリストフェルのお父様なんだから……そんなこと、他の人に知られるわけにはいかないもの）

頭では理解している。しかし感情が追いつかない。

イリニヤは自分がどうしたいかさえわからずに、悶々と考えだけが同じところを巡った。

食堂で皆と顔を合わせて、平静でいることはできないと判断したイリニヤはまだ具合が悪いと方便を使い、自室で軽い食事をとった。

本を読んだり、歩き回りながら詮のないことをあれこれと考え身悶えた。

普段なら眠気が訪れる時間になっても目は冴えたまま。

ならばいっそとショールを肩にかけ、夜の庭に出ることにした。

夜も更けて誰もいない静かな庭を歩く。

聞こえるのは風が木々を揺らす音と芝を踏む音のみ。

高台にあるヤルヴィレフト公爵邸は広大な土地を有するため、隣家の音が聞こえてくるということはない。

まるで大きな公園の中に住んでいるようだ、とイリニヤは思う。

手入れされた庭木や花壇は、いつでもイリニヤの気持ちを和ませてくれる。

（裏山にはお宝級の地層だってあるし）

そう考えたイリニヤは裏庭の方へ足を向ける。

木が生い茂っているせいであまり人が来るところではないが、一部が崖になっていてそこから地層が確認できるのだ。

ここならばわざわざ裏山を探検せずとも観察ができる。

その代わり足場が悪いのが難点だ。

（そのうち下草を刈って歩きやすくしたらいいわね。庭師さんに道具を借りて……）

考えながら歩いていると、ざわ、と林が鳴った。

数瞬遅れて強い風が吹いて、イリニヤの手からショールを奪っていった。

「あっ」

「こんなところでなにをしているんだ」

ショールが飛ばされた方向をかえりみると、丁度アドルフが腰を屈(かが)めてショールを拾うところだった。

「アディ……いえ、アドルフ様」

「わざわざ言い直さなくても」

目を細めて微笑むアドルフは美しい中にもどこか寂しさを感じさせて、イリニヤは眉を顰めた。

公爵という地位を持ち、王城でも重用されているアドルフ。

見目麗しく評判もよく、血の繋がりはないが立派な後継ぎがいる彼が、どうしてそのような満たされない顔をするのか、わからなかった。

「身体は大丈夫?」

「ええ。……ふふっ」

アドルフからショールを掛けてもらいながら、イリニヤは肩を竦めて笑った。

アドルフが『なに?』と言うように視線を寄越したが、イリニヤはくつくつと笑い続けた。

「なんだよ、そんなに笑うことかい?」

僅かに拗(す)ねたような気配を帯びたアドルフがイリニヤの手を掴んで強引に引いていく。

行く先には小さな四阿がある。

日当たりの良い表庭と比べたら少し湿っぽいベンチに腰掛けると、アドルフはイリニヤの手を引いて強引に自分の膝の上に座らせた。

「わ！　重いから下ろして……」

「こんな固くて冷たいところに、君を直に座らせるわけないだろう？」

それは過保護だ、と口にしようとしたイリニヤの唇はアドルフによって優しく塞がれた。

柔らかく熱い感触はイリニヤの瞼をうっとりと閉じさせるには十分だった。

「ん、ぁ……ん、アディ……」

応えるように唇を開くと舌がねじ込まれてくる。

すり合わせ絡めて思うさま味わってからおもむろに唇を解くと、アドルフが下唇に甘く噛みついてからそっと離れた。

「君が途中で気を失ってしまったから、私は不完全燃焼なんだ」

アドルフはイリニヤをぎゅっと抱きしめてその胸に顔を伏せる。

「不完全燃焼って、ちゃんと最後までしたじゃないですか……」

起き上がったときにとろりと漏れてきたあれは、中に出したアドルフの子種に違いない。

恥ずかしくてじっとは見なかったが、風呂に入ったときに流れていくのを見た気がする。

「私も君のことをリーニャと呼んでもいいだろう？」

胸の谷間から顔を上げたアドルフの美しい顔面が否を許さぬ迫力で迫ってくる。

絆（ほだ）されて頷きそうになったイリニヤは慌てて首を振った。

「ダメです！　バウマンさんにばれてしまったら、わたしは即解雇されて屋敷を追い出されてしまいます！」

イリニヤからアドルフに色目を使ったつもりはないが、バウマンにしてみれば同じことだろう。

彼はすぐさまアドルフとイリニヤの関係を不適切と断じ、解雇通告してくるに違いない。

「君はなぜか私よりもバウマンのほうが権力を持っていると勘違いしている節があるな？」

「それにフェルがなんと思うか……」

イリニヤは瞼を伏せる。

クリストフェルはただでさえ、出生の事情からすべてを知ったうえで自分を引き取ったアドルフを神聖視しているところがある。

それが家庭教師と生臭い仲になってしまったとなれば、心の傷になるどころの話ではない。

そんなことは絶対にできない。

せっかく築いてきたクリストフェルからの信頼を裏切ることは断じて。

イリニヤは唇を引き結ぶ。

「では、これからどうするつもりだ？　私は君に触れずにいることなどできそうもないのだが」

「……そこは大人としてなんとか自制してください」

自分を求めてくれていることが嬉しいのに、可愛げのない態度をとってしまうことにイリニヤは申し訳なさを感じる。

「男として納得いかないが、イリニヤがクリストフェルに対して誠実でいようとしてくれることは素直に喜ばしいと思うよ」

アドルフの唇が頬に耳にと口付けをすると、イリニヤは身体の奥がゾクゾクと粟立つ気配を感じて慌てて立ち上がる。

「あ、あの！　ここからでも崖から地層が見えるんです！」

遠くを指差して淫靡な気配を吹き飛ばそうとしたのがまるわかりだったが、アドルフはイリニヤの話に乗ることにした。

立ち上がってイリニヤの隣に立ち、腰を抱く。

「ああ、あれか。ああいうのならば別荘の近くにもあるな」

「別荘？」

イリニヤの瞳がきらりと光る。

「ああ、祖母が好きだった海の近くに別荘があるんだ……君さえよければ行くかい？」

腰に回された手が強くイリニヤを引き寄せた。

アドルフはその手に二人で行こう、という意味を含ませたつもりだったが、イリニヤは手を打ち合わせて喜ぶ。

「素敵！　海の近くには太古の海洋生物の化石や陸地にはない堆積物（たいせきぶつ）、そして古代の人たちの生活の痕跡である貝塚が見られるのです！　きっとフェルも喜ぶわ！」

「ああ、うん。……きっと喜ぶだろう、ね」

どこか拍子抜けしたようなアドルフは眉を下げて再び唇を寄せた。

イリニヤはそれを避けず、キスに応じる。

約束の確認のようなキスだったため、もちろんそのまま裏庭の四阿で事に及んだりはしなかったが、そのある種健全な触れ合いを窓から見ている者がいたことに、ふたりは気付かなかった。

晩餐の後にクリストフェルのことで相談があると執務室に呼ばれたイリニヤは、部屋に入ってすぐに抱きしめられたことで、それが方便であることに気付き頬を膨らませた。

「フェルを言い訳に使わないでください！」

それでなくともクリストフェルは敏感で繊細なのだ。自分が逢引き（あいびき）の口実に利用されたとなればいい気持ちがしないどころか『……不潔です』と目を細めて拒絶してくるかもしれない。

そんな想像をしただけで胸が苦しくなる。

「では、イリニヤのことを恋人だと正直に告げようか」

「こ、恋……それはそれで語弊が」

アドルフがイリニヤを内側に入れてくれたことはイリニヤにもわかる。それを嬉しいと思っている自分もいる。しかしそれと恋人宣言することはイリニヤの中でイコールではない。

四公の一角であるヤルヴィレフト公爵と男爵令嬢では釣り合いが取れなさすぎる。イリニヤだけが幸せで、アドルフにはなんの利点もない不公平な関係だ。

公爵夫人になりたいなどという大それた野望を持っているわけでもない。

（もし、アドルフ様に迷惑の掛からない、そして責任の伴わない秘密の恋人ならば……）

それはいいのでは？　とイリニヤは納得しかけたがクリストフェルのことを考えると安易に頷くこ

とができない。

「互いに想い合って、肌を合わせる関係が恋人でないのなら、それはなんと名付けられるのだ？」

想い合っていると言われることに反論できないでいると、アドルフがイリニヤの肩を抱いて執務室を出る。

「え？　なに？　なんですか？」

「……」

無言のまま連れて行かれる先が彼の寝室だと気付いたイリニヤは顔を赤くしてアドルフを見る。

「アドルフ様……っ」

「『想い合っている』というところに君が反論しなかったのが、こんなに嬉しいんだよ、私は」

寝室のドアを閉め、イリニヤの手をとって胸に当てさせる。逞（たくま）しい胸板の中で、心臓がトクトクと早鐘を打っているのがわかる。

「イリニヤ……、君に触れてもいい？」

アドルフの手がイリニヤの髪を優しく撫でた。その指は頬をなぞり唇に触れる。柔らかさを確かめるように数度動かすと、耐え切れなくなったイリニヤがアドルフに抱きつく。

「いいです……っ」

真っ赤になったイリニヤの顔を見つめたアドルフは、満足そうに目を細めると、ゆっくりと唇を重ねた。

深夜、珍しく寝室のドアがノックされ目が覚める。

「旦那様、領地から急ぎの連絡が……」

こういうことはたまにある。

執事であるバウマンにはノックしなくてもよい権限があるが、彼は律儀に毎回ドアをノックしてから入室する。

「ああ、なんだ？」

いつものように半分夢心地で上体を起こすと、冷静なバウマンが口を開いたまま動きを止めたのがわかった。

「バウマン？」

「……旦那様、あの、それは……レディ・レフテラでは……？」

なんとも言えない苦い顔をしたバウマンの視線から、アドルフは自分が失態を犯したことに気付く。アドルフの腕の中には健やかな寝息を立てているイリニヤが居るのだ。

「あー……うん。そうだね」

ほんの少し『しまった』という顔をしたアドルフだったが、すぐにいつもの顔に戻る。そしてイリニヤの乱れた髪を撫でて整える。

「私の大事な人なんだ。わかってくれるね？」

「……承知しました」

複雑な感情がバウマンの顔に浮かんだが、最終的にいつもの澄ました顔になって、簡潔に主に用件を伝えて、速やかに退室していった。

「……嘘でしょう?」

まだ朝も明けきらないうちに目が覚めたイリニヤは、誰にも見つからないうちに部屋へ戻ろうとして深夜にあったことを聞かされ顔を青くした。

「大丈夫だよ、ちゃんと説明しておいたから」

離れ難いのかイリニヤの頭に口付けしながらアドルフが言う。

なんとなく信用できない気がしてなんと説明したかを聞いてみると、アドルフは少し照れたように首を傾げた。

「私の大事な人だ……って」

「……っ!」

イリニヤは『ぐうぅ……っ』と声にならない声で瞼を固く閉じた。薄暗い中でもアドルフの美しさが目に刺さるようだった。そのときのバウマンの気持ちを考えると申し訳ない気持ちでいっぱいになるのと同時に『クビかな……』と冷静なイリニヤの部分は考えてしまった。

時間が経てば経つだけ言い訳がましくなってしまう。

イリニヤはクリストフェルの授業が終わってすぐにバウマンに弁明をしに行った。彼は地下のセラーでワインのチェックをしていた。

「あの、バウマンさん……」

「なんでしょう」

棚と書類を見比べ仕事の手を休めないバウマンの背中からは、なんの感情も読み取れない。少なくとも怒ってはいないように思えるが、愉快な気分でもないようだ。

イリニヤは大きく息を吸ってから深く頭を下げる。

「大変、申し訳ありません！　こうなってしまったからにはお屋敷を去らなければいけないのは重々承知しているのですが、どうか……どうかフェルの授業を続けさせていただきたいのです！」

一息に言い切るイリニヤの声は大きかった。地下の狭い空間に響く謝罪は無視できなかったのか、それとも単に耳触りだったのか、バウマンが振り向いた。

「レディ・レフテラ。それはなにに対する謝罪ですか」

冷静なバウマンの口調が逆に恐ろしい。

イリニヤは頭を下げたまま、ぎゅっと瞼を強く閉じる。

「雇用のための条件を破ってしまったことです！」

決して主人に色目を使ってはいけないと言われていたのに、それを破ってしまった。

自分が悪いのはわかる。

しかし、今徐々に心を開いてくれているクリストフェルの側を離れたくはない。せめてもう少し、彼の心がもう少し傷つかずに他者に向かって開けるようになるまで。

「……はぁ……」

許してもらえるまで顔を上げない覚悟だったイリニヤは、バウマンの呆れたような大きなため息にビクリと肩を揺らす。

「あの、あの……っ！　アドルフ様に極力近づかないようにします！　なんなら通いで、出入りも勝手口からこっそりしますし……っ、それから、ええと」

「レディ・レフテラ、顔を上げてください」

バウマンの口調はいつもと変わらず冷静なものだ。そこに怒りが混ざっていないような気がして、イリニヤは少しだけ緊張を緩める。

そっと顔を上げると、いつもと同じ顔をしたバウマンがいた。

「私が申し上げたのは、旦那様を目にして我を忘れる女性は困るということであって、旦那様が我を忘れるほど誰かに想いを寄せることについては申し上げておりません」

「ふぁっ？」

予想外の言葉にイリニヤが目を見開くと、バウマンは少し困ったように首元に触れながら眉を下げている。

「あなたを解雇したら、私の首が物理的に危険にさらされてしまいますからね」

それはない、と思いつつイリニヤは固唾を呑む。もしかしてバウマンは容認してくれるのだろうか。

思ったことが顔に出たらしく、バウマンが重々しく頷いた。

「ええ。あなたが来てから、クリストフェル様も旦那様も表情が柔らかく明るくなったように思います。レディ・レフテラにおかれましては旦那様との関係性も含めてこのまま雇用継続という形でお願いできれば」

有能執事に軽く頭を下げられてしまったイリニヤは、慌てて手を振る。

「あっ、そんな！　頭を上げてください！」

結局わかりましたというまで頭をあげなかったバウマンに根負けしたイリニヤは、嬉しいながらも酷く消耗してしまった。


海の近くの別荘に行く話は、晩餐の席でアドルフからクリストフェルに伝えられた。

「週末にアマレンゾの別荘に行こうと思うのだが、クリストフェルどうかな？」

「公爵様、あの、はい！　是非ご一緒したいです！」

同席したイリニヤが思わず微笑んでしまうほど、クリストフェルが喜んだのが非常に微笑ましかった。

ニコニコしていると、クリストフェルがぐるっと首を巡らせてイリニヤを見た。

「リーニャ、い、いっしょ……にぅ……」

風船がしぼむように喜色満面なクリストフェルが急に物わかりの良い子供の顔になったことに、イリニヤは内心ため息をつく。

(子供らしく我儘を言ってもいいのに……まだ遠慮してしまうのね)

「フェル、どうしたの？　なにかわたしにして欲しいことが？」

首を傾げてクリストフェルを促すと、彼はちらりと反対側のアドルフを見た。

彼は口にしていたグラスを置くと深く頷いた。

それを確認してからクリストフェルがむにむにとさせ口の中で練習すると、決心したようにイリニヤに向き直る。

「リーニャも、一緒に……行きましょう！」

「あら、私もご一緒してもいいの？　フェルからのお誘いならもちろん！」

イリニヤの顔が喜びに綻ぶ。

それを見たクリストフェルも喜びを抑えきれないというように笑顔になり、給仕していたアニタや他の使用人たちもほっこりとした雰囲気になった。

晩餐のあと、クリストフェルははしゃいだ様子でイリニヤに話しかける。

「準備は、準備はどうしましょう！　なにを持っていったら？　ねえリーニャ、相談に乗ってください！」

初めての遠出が待ちきれないようで、クリストフェルはその場でぴょんぴょん跳ねながら全身で喜びを表現する。

年相応の感情の発露に、イリニヤは嬉しさで胸がきゅんとなる。

（かわいい……！　いつもかわいいけれど、いつもよりもっともっとかわいい！　アディも喜んでいるわね……って、あれ？）

この喜びを分かち合おうと顔を上げたイリニヤは、そのアドルフがすぐに席を立って食堂を出て行ってしまったことに違和感を覚えた。

興奮して頬を紅潮させたクリストフェルに、準備については明日相談しようと落ち着かせたイリニヤはその足でアドルフの執務室へ向かった。

（おかしいわ……わたしなにかしてしまったかしら）

日に日に子供らしさを増していくクリストフェルを好ましく思いこそすれ、声を掛けずに行ってしまうのはどうだろう。

アドルフの気持ちを聞かねば、と重厚な扉をノックすると中から応えがあった。

「失礼しま……っ、え……アディなにをしているのこんなところで」

アドルフは扉に寄りかかってしゃがみこみ、両手で顔を覆って低く唸っていた。

思わずそう声をかけざるを得ない。

「どこか具合でも悪いの？」

もしや食事に悪くなったものでも？

メニューを思い出しながら扉の隙間から身体を滑り込ませ自らもしゃがみこむ。

「……自分が情けなくて」

顔を覆ったままアドルフが呟く。

その声が聞いたことがないくらい弱々しくて、イリニヤは胸が締め付けられる。

「なにをそんなに落ち込んでいるの？　わたしになにかできることはある？」

肩に手を添えて話しかけるとアドルフはようやく顔をイリニヤに向けた。

眉目秀麗なアドルフが、憂いを帯びていることにドキリとする。

すみれ色の瞳が色気すら感じさせて、イリニヤを落ち着かない気持ちにさせた。

（わたしったら、こんなときになにを……不謹慎だわ！）

イリニヤは気を取り直しアドルフに笑顔を向けると、彼はおもむろに口を開く。

「……抱きしめてくれ」

「ん、んんん……っ？」

弱々しいアドルフの言葉に動揺が隠せずイリニヤは硬直した。

そしてじわじわとこそばゆい感情が身体を満たしていく。

だがそんなイリニヤに気付かないのか、アドルフは続ける。

「イリニヤがクリストフェルと仲良くしてくれていることは喜ばしい。彼も年相応の子供らしく成長してほしいと思っているのは私の偽らざる本心だ。だが、同時に君の一番近くにいるのは私でありたいと思ってしまうのだ……愛称で呼び合う件といい、息子に嫉妬するなどなんて心の狭い男なんだ私は」

アドルフが眉を顰めるその仕草すら美しく、イリニヤは頭がぽうっとなってしまう。

（いっ、いやいやいや！　じゃあアディはわたしとフェルがはしゃいでいたから拗ねてしまったということなの？　う、嬉しい……って、そうではなく！）

　ここで笑うのは不謹慎だと何度も心の中で唱え、深呼吸してから、イリニヤは膝をついてアドルフをそっと抱きしめた。

「アディがわたしのことをそんな風に思ってくれているなんて、とてもうれしいわ。でも、あなたと同じくらいフェルのことも好きなの……それはわかってくれているわよね？」

「わかっている……つもりだ。だがこんなことを思うなんて、私はまだ父親になり切れていないのだろうか……」

　珍しく自信なさげなアドルフの言葉を、イリニヤは力強く否定する。

「そんなわけないじゃない！　あなた、フェルがどれだけあなたを慕っているか気付いていないとでも⁉　フェルに対して失礼よ！」

　横っ面を叩くようなイリニヤの言葉に、アドルフが目を瞬かせた。

「フェルはあなたみたいになりたくて頑張っているの。あなたを失望させないようあんなに小さいのに自分を律して……あなただけはフェルを理解してあげないと駄目じゃない！」

　強い言葉がつい口をついて出てしまったことにイリニヤは気付いていた。

　自分とは血の繋がらない、いわゆる不義の子を引き取って育てることは並大抵のことではない。

　アドルフが今までしてきたことは素晴らしいことだ。

　故に弱気なアドルフを叱咤（しった）する言葉もまた本心から出たものだった。

「ああ、そうだな。私はクリストフェルの理解者でありたい」

「そうよ！　……それに、嫉妬してくれたことは、個人的にはとてもうれしいわ。フェルとわたし、同列に並ぶことはないにしても、大事にしてくれているくくりに入れたというのはわたし的快挙だもの！」

努めて明るく言うと、アドルフはようやくふ、と笑った。

「……君のその明るさに、私は救われているな」

体勢を変えたアドルフがイリニヤに向き直って抱きしめてくる。

その腕の力強さと手の温かさにイリニヤはうっとりと瞼を閉じると、当然のように二人の唇が重なった。

「……クリストフェルの母親とは、幼い頃に家同士が決めた婚約者だった。私は特に執着するような性格ではなかったから、深い思い入れもなく彼女と結婚するんだな、とぼんやりと思っていた」

アドルフはぽつりぽつりと話し始める。

絡ませた指を時折動かしながら、イリニヤはアドルフの肩に頭を預けて聞く。

「貴族の婚姻とはそういうものだと理解していたから、心を通わせようとも思っていなかった……その慢心が、彼女を不貞に走らせたのかもしれない」

自分も悪かったのだ……そのアドルフはずっとそんな思いを抱えていたのだ。

だから怒りもしなかった。

いや、怒ることができなかったのだろう。

「クリストフェルを引き取るという判断をしたときに、周囲は私を心の広い男だと持ち上げるようなことを言った。しかしそうじゃないんだ。私は彼女に対する罪悪感をチャラにするために彼を利用した」

つらそうに眉を顰めるアドルフの背を、イリニヤはゆっくりと撫でた。

「始まりはそうだとしても、あなたはフェルを慈しみ愛を与え、手本になってきたわ。彼もあなたの側だからこそ、ああやってまっすぐに成長した」

「もっと彼にとっていい環境があったのではないかと、私は今もずっとそういう思いが離れなくて」

人を育てるのは犬猫を飼うのとはわけが違う。

思い悩むことが当然で、迷うことが当たり前だ。

これまで子供の教育に携わってきたイリニヤはそう思っている。

「アドルフがしたことは間違っていないわ。フェルは幸せよ」

膝立ちになってアドルフの眉間に寄ったしわに口付ける。

息子のことを思って出来たしわだと思うと、それすら愛しく感じられる。

「イリニヤ……」

「叶うなら私にも、クリストフェルを幸せにするお手伝いをさせてほしいわ」

安心させるように微笑むと、アドルフが見上げてくる。

その表情にはさっきまで思い悩んでいた険しさが和らいで見えて、イリニヤは笑みをさらに深める。

腕の中の美しい男が愛しくてたまらなかった。

「もう、誰も娶(めと)らないと思っていたが……君と出逢ったことは天からの啓示なのかもしれないな」

アドルフの腕がイリニヤを強く引き寄せた。

密着する身体から感じる熱と首筋を擽る悩ましい吐息がイリニヤの思考を麻痺(まひ)させ、アドルフの『フェロモン』をより敏感に嗅ぎ取る。

「あ……いや、娶るなんて急になにを……っ」

そんなつもりで言ったのではない、と否定するつもりだったイリニヤの口をアドルフのそれが些(いささ)か強引に塞いだ。途端に甘く身体が蕩けるのを感じて、イリニヤは身体を震わせてアドルフに縋る。

水が渇いた土に染みるように、アドルフがイリニヤに馴染(なじ)む。

差し入れられたアドルフの熱い舌を受け入れると、もう何も考えられなくなった。

第四章　愛の本質

そうして週末に訪れた海辺の町アマレンゾはとても美しいところだった。

爽やかな海風と鮮やかな緑の木々、降り注ぐ陽光は気分を開放的にしてくれる。

先々代の公爵が保養地として別荘を建てようと思ったもの納得、とイリニヤはスコップを背負いながら満足げに口角を上げる。

日中はクリストフェルと授業をして昼食をみんなで摂ったら午後は海で遊ぶ。

疲れたら日陰で昼寝をして、そしてイリニヤはスコップでその辺を掘り起こすのだ。

「……私が考えていた休暇とはちょっと違うような気がする」

用意させたデザートに目もくれずに穴を掘るイリニヤを呆れ顔で眺めるアドルフだったが、それでもその口角は楽しそうに上がっていた。

「公爵様、リーニャはこうだからいいのです！」

「君にイリニヤのなんたるかを講義されるとはね、『フェル』？」

「……………！」

にやりと人の悪い笑みを浮かべたアドルフに顔を赤くしたクリストフェルが慌てる様を、イリニヤは穴を掘りながら微笑ましく見ていた。

（海は人を開放的な気持ちにさせてくれる、フェルとアディの距離が縮まっているわね……いい傾向だわ！）

額に浮かぶ汗を拭きながらざくざくと掘り進めて行くイリニヤの傍らで、クリストフェルがバケツを使って壮大なオブジェを作り始めた。

しかしサラサラの砂ゆえに強度が不足しているようで、ある程度の高さまでになると砂は崩れてしまう。

難儀しながら何度も試行錯誤しているクリストフェルに助言しようと、イリニヤは作業を中断させて彼に声を掛ける。

「フェル、どうしたの？」

「リーニャ、これくらいの高さの尖塔が三つある城塞を作りたいんですが、崩れてしまって」

「海水を混ぜると強度が増すわよ」

しかし何度やっても目標の高さより前に崩れてしまう。

クリストフェルが首を捻ると、そこにアドルフが近付いてきた。

「フェル、もしかしてザッケーゼイジ城のような城を作りたいのか？」

「あっ、はい……っ」

クリストフェルがパッと明るい表情を見せる。

ザッケーゼイジ城とはマガレヴスト王国の北部にある壮麗な城だ。アドルフは少し考えるようにして顎に指をあてていたがなにかに気付いたように小さく声をあげた。

「あ……、ここの尖塔の土台が少し傾いているのではないか？　ここを水平にすれば力が均等に加わるから……」

言われたクリストフェルはアドバイスに礼を言い、作り直そうとしているが下が砂浜のためなかなか歪みが直せないでいる。

「ねえ、フェル。アドルフ様に少し離れたところから水平を見てもらって、その指示でフェルが建てたらいいんじゃない？　ふたりで協力して、声を掛け合えばきっとうまくいくわ！」

「え、でも……」

クリストフェルが遠慮がちにアドルフを見る。保養のために来ているのに自分の遊びのためにアドルフを動かしていいのか悩んでいるようだった。

それに対してアドルフは満面の笑みで応える。

「そうしよう、フェル。力を合わせればきっとできるさ」

「は……はい！」

クリストフェルがパッと顔を輝かせ、目に生気が満ちる。

最初は遠慮がちに「どうですか、公爵様……？」と聞いていたのに、徐々に口調が砕けてきて「もっと？　もういい？」と子供らしくなった。

土台ができていざ尖塔を建てようと水と砂を混ぜる段になると、またどっちが水を汲んでくるかと遠慮合戦が始まってしまったので、イリニヤは自ら水汲みを買って出て、親子の時間をアシストする。

そして専門家の知識を生かして一番強度が出る水と砂の比率を計算し、三人で全力を尽くした結果、数時間後には見事なザッケーゼイジ城が完成した。

「できたー！」

「すごいぞ、フェル！」

アドルフがクリストフェルの頭をワシワシと撫でると、フェルが嬉しそうに首を竦める。

（あーっ！　アディの急接近！　フェルが喜んでいるわ！）

随分と打ち解けたアドルフとクリストフェルを見ながら、イリニヤはこのまま本当の親子のようになってくれるように願わずにはいられなかった。


アドルフの休暇の間に数か所簡単な地質の調査をしたイリニヤは、アマレンゾで地盤的に弱い箇所をいくつか見つけた。

過去の災害の記録を取り寄せたり、地元の声を聞いたりした結果である。

このまま何事もなければいいが、砂地は根が張らず弱い。

万が一地震や大波があれば深刻な被害が出るかもしれない。

イリニヤは調査結果をアドルフに報告した。

「……なるほど。君は古代の堆積物に興味があると思っていたのだが、そうではなかったみたいだな」

「いいえ、それも大好物です。大地はわたしたちにいろんなことを教えてくれています。地理学を学ぶうえで大事なのは、今や未来に役立て、人の命と生活を守ることです」

イリニヤの行動原理は弟のような幼い命を救うことにある。

以前話したことを覚えていたのか、アドルフも深く頷いてくれた。

「それで、イリニヤはなにがしたいのだ？」

イリニヤは顔を喜びに輝かせ、話し始めた。

まず、土地をもっと詳しく調べ、地中の状態を可能な限りくまなく調査する。そして災害が起こる可能性が高い順に施策を講じる必要があることを説明する。

「施策とは？」

「いつもアディが自領でしていることです。例えば崩れやすいところを補強するために木を植えるとか、河川の護岸工事とか、手が付けられないところなら人の立ち入りを禁止するとか。それを地質に応じて行うのです」

どの領地でもしていることだが、ヤルヴィレフト公爵領は以前から土地整備に力を入れていることは屋敷にある資料からイリニヤも把握していた。

「なるほど。それを危険度の高い順に優先順位をつけるということだな」

「そうです。でも、自領ならともかく、他人が所有しているところはなかなか難しいのです」

イリニヤはマガレヴスト王国の地図を広げる。

広大な国領地、貴族がそれぞれ持っている領地……利権が絡む問題もあればすでに人が住んでいる場合、その営みを無視して立ち退きを迫るわけにもいかないし、そもそも公爵領以外は調査もできていない状態だ。

「……イリニヤ、これはもう国策だ」

「ええ。ですから『公爵様』にお話ししています」

イリニヤはアドルフを見上げる。

アドルフを真正面から見据える夜明け前の空の色は、甘さの欠片も見つけられない。

これはイリニヤの信念だ、と感じたアドルフは大きく息を吐いた。

「これをもう少し詳細に詰めて報告書にまとめよう。王城で議論する必要がある」

「……はい、すぐにでも！」

イリニヤは弾んだ声でアドルフに応じた。

もちろんイリニヤひとりで国土を全て調査することはできない。

アドルフは各領に協力を要請し、専門知識を持つものに調査の要請を行ったうえで報告書の提出を求めた。

イリニヤもわずかながら学院時代の伝手を辿り、ヤルヴィレフト公爵領と、レフテラ男爵家の周辺の調査に参加した。

そうして危険個所を把握する途中で、その土地の領主や住民に危険を知らせ、どのようにしていくか話し合いの場を設けた。

順調にいくこともあれば、ひどい反対にあうこともあった。

それは主に観光を生業としている貴族や、別荘地として土地を売り出している商人が多かった。

景色のいいところは得てして危険な場所も多い。

もしもアドルフが作成する危険個所の地図に載ってしまえば、土地の価値が下がると考えて調査そのものを拒否している者もいるという。

「……うーん。あとからできた保養地や住宅地って、実は危険なことがあって」

「そうなのか？」

ずっとその土地に住んでいる者は、そこでなにか災害があったらその場所を避け、より安全なところに住もうとする。

そうすると危険個所がぽっかりと空く。

それを知らない者が買い上げて住宅地や保養地にしてしまうのだ。

「海岸に近いところは大波があったかも、背後に崖があるところは山崩れがあったかも……。昔の人はここから先には危険があるから住んではいけない、というある種の危機管理ができていたのに、長い年月がそれを風化してしまうの。それを風化させないために、いまを生きるわたしたちがもっと伝えていかなければいけないのに」

イリニヤは歯噛（はが）みをする。

彼女の弟もそんな風化の被害者なのだ。

アドルフは立ち上がってイリニヤの隣に立ち頬に手を添える。

「なに……？」

すみれ色の瞳に見つめられたイリニヤは、途端に周囲の空気が甘く熟れた気がして頬を染めた。

「今度知り合いの屋敷で夜会があるのだが、パートナーとして同行してくれないか」

「や、夜会⁉」

イリニヤは声を裏返して驚く。

そうだ、とアドルフは静かに頷くが、夜会のパートナーと言えば通常、妻か婚約者、若しくは交際している相手として非公式ながらお披露目されるということだ。

アドルフと甘い関係であると自負はあるものの、イリニヤはそんな場に自分が出て行くことは全く考えていなかった。

「そう、君を連れて行きたいんだ。きっと危険地図について話が前進すると思う」

それを聞いてイリニヤは安堵と共に胸に靄が広がるのを感じた。

（パートナーと思われたら困る、と思っていたのにそうじゃない、仕事だと言われるとそれはそれで不満なんて……）

イリニヤは自分の気持ちがわからず、自らの頬を勢いよく張った。

驚いたアドルフに大丈夫だと手をかざすと、イリニヤは夜会行きを了承したのだった。


『そんな関係ではない』とはいえ、夜会に出るからには最低限着飾らなくてはならない。

イリニヤとて下級ながら貴族の末席に在る令嬢のため、それは理解している。

しかし、『最低限』と『公爵のパートナーとしての装い』には大きな隔たりがあった。

「なに、これは……」

夜会の前日、自室に積み上げられた大量の荷物を見て、イリニヤはあんぐりと口を開けた。

それに応えたのはアニタだ。

「ええと、この辺は帽子、こっちは靴。ここら辺がアクセサリーです」

「なんなの？　こんな、いつの間に……っ」

朝、部屋を出るときはなかったはずだ。

それが、クリストフェルとの授業の間にこんなことになってしまったなんて――。

「あっ！」

そこで初めて気が付いた。

授業中いつもは集中して話を聞いているクリストフェルが、やたらとそわそわして窓の方を見ていたのを思い出したのだ。

きっと彼は荷物のことを知っていたに違いない。

だからイリニヤに注意されてもはにかんでいたのだ。

（してやられたわ……！　でも、フェルが知っていたということは、アディとフェルがわたしの知らないところでふたりコソコソと話をしていたということで……！）

美麗親子が額を突き合わせて相談する場面を想像したイリニヤは微笑ましくてにやけてしまうが、ほんわかした空気をアニタが強制終了させた。

「ニヤついてる暇はございません。これを全部荷解（にほど）きして、明日の夜会のコーディネイトをまとめるんですから！」

「え？　そうなの？」

アニタ曰く、何種類かある中から選んで、イリニヤを最高の淑女に仕立てるようアドルフから命じられているらしい。

「腕が鳴りますわ！」

指をワキワキと動かしてアニタがにこりと笑う。

「待って、わたし最近ちゃんとしたコルセットとか無縁で……っ」

「お任せてください！　誰よりも細く締め上げて差し上げますわ！」

アニタの異常なまでのやる気に、イリニヤは顔を引き攣らせた。

通常貴族のドレスともなればフルオーダーメイドがほとんどだ。

それぞれ贔屓のデザイナーが屋敷にきて採寸からデザイン案、そして仮縫い仕上げと多くの工程を踏んでできるものだ。

イリニヤも社交界デビューこそしたものの、その後夜会やパーティーには縁遠く持っているドレスも流行遅れは否めない。

しかしダメなレベルではないと思っていたため、夜会にはそれを着ていくつもりで虫干しもしていた。

アニタにそう告げると、彼女は小さくため息を吐いた。

「旦那様のおっしゃる通りでしたね。旦那様はちゃんと考えてイリニヤ様に似合う最高のドレスを、と自らお手配されましたわ」

「そ、そうなの……？」

戸惑うイリニヤに、アニタはにっこりと笑う。

「さあ、旦那様もびっくりな美女に変身してしまいましょう！」

「ええ――？　それは無理では？」

イリニヤは顔を青くして叫んだ。

アニタはイリニヤを急かしながら箱をどんどん開けていく。

言われるがままに、あれこれとドレスや帽子を身体に宛てがい、翌日の準備に追われたイリニヤは疲労困憊（ひろうこんぱい）の様子で食堂に現れた。

そこで、にこにこと機嫌よさげなクリストフェルと口の端だけで笑っているアドルフと顔を合わせた。

「……どうでした、リーニャ？」

「どうもこうも……もうなにがなんだか」

ため息をつくイリニヤを見たクリストフェルは、アドルフと顔を合わせて可笑（おか）しそうに笑った。

「ぼくが選んだものも混じっているので、当ててみてくださいね！」

くふふ、と隠せない喜びを滲ませたクリストフェルの笑顔が眩しくて、イリニヤは疲れがすべて吹き飛ぶ心地で椅子に腰かけた。

「そうなの？　綺麗な羽飾りがついた帽子かなあ、それとも……」

物で溢れかえった自室を思い返したイリニヤは、ハッと気づき、アドルフに声を掛ける。

「あのアドルフ様、いろいろ準備して下さって感謝します。しかしお恥ずかしながら、全部を買い取ることはできませんので……」

ドレスと靴だけでもかなり値の張るものだとすぐにわかるいい品なのに加え、アクセサリーから下着に至るまで最高のものが揃えられていた。

いくら公爵家からの給金がいいとはいえ、これでは破産してしまう。

せっかく選んでくれたものなのに申し訳ない、と肩を竦めたイリニヤにアドルフは目を丸くした。

「おや、君は私に恥をかかせるつもりなのかな？　私は女性に贈ったものを買い取れとは言わないぞ」

「うぐ……、全部はいただけません、多すぎます」

それでも食い下がるイリニヤはなんとか妥協点を見つけたくて視線を彷徨わせる。

すると思いもよらぬ人物から助け舟が出された。

「公爵家の家格というものもございます。公爵家のパートナーとして参加するにはそれ相応のものを身につけていただかねばなりません。アドルフ様のお見立ては間違いなく、それを突き返すほうが失礼となります」

「……バウマンさん。ですが」

バウマンは二人の仲を知っていて、それを踏まえての発言なのだと思うと恥ずかしさと申し訳なさで居た堪れない。

イリニヤはなおも身を縮こまらせる。

「イリニヤ、私とフェルからの贈り物は嬉しくなかった？」

「……っ、そんなことは！」

隣を見るとクリストフェルが不安げに見上げていた。

イリニヤはぐにゅう、と唇を歪ませてから反論を飲み込んだ。

「う、嬉しかったですよ！　どれも素敵で……！　素直に言えなかったですけれど、本当に嬉しいの
……ふたりとも、ありがとう」

交互にアドルフとクリストフェルを見てにっこりと微笑むと、隣から安堵の息が漏れた。

「はあ、よかった。ドキドキしましたね、公爵様！」

「あぁ、そうだな。受け取ってもらえてよかった」

「……」

こんなふうに幸せそうな顔をされたら、なにも言えない。

イリニヤは胸が締め付けられるような幸福を噛みしめた。


夜会当日は残念ながらクリストフェルは留守番だった。

高級な布地を惜しげもなく使用した深い赤のドレスが、まるで自分の瞳の色のようだと喜んだクリストフェルは、出がけに『きっと誰よりリーニャが一番きれいです！』と太鼓判を押してくれた。

「準備は出来た？　ああ、イリニヤ……とても綺麗だ」

わざわざイリニヤの部屋まで迎えに来たアドルフは両手を広げる。その行動が『胸に飛び込んでお

いで』と言っているように聞こえたが、イリニヤは咳払いをしてやんわり拒絶する。

（フェルの前でするわけないでしょう！）

無言の圧力に言いたいことを察したのか、アドルフは意味深に目を細める。その表情に高鳴ってしまう胸をイリニヤは慌てて押さえた。

（これは、アドルフがあんまり素敵だから……！）

シックな深い青の布地に金糸で刺繍が施されたウエストコートを纏ったアドルフはいつにもまして凛々しかった。後ろで一つにまとめたプラチナブロンドが深青に良く映える。

着る人によってはやぼったくなりがちな袖口のレースやクラヴァットもさらりと着こなすにはさすがとしか言いようがない。

「……アドルフ様も、とてもお素敵ですね」

視線を逸らせながら言うと、涼しい顔をしていたアドルフが破顔した。

「ありがとう。君に言われると気持ちが華やぐよ」

差し出された手を取り、馬車までエスコートを受ける。次は自分がエスコートする、と宣言したクリストフェルに手を振って、馬車は薄闇の中を走り出した。

馬車の中でイリニヤは久しぶりの社交活動についてアドルフに不安を打ち明けた。なにしろドレスを着るのも数年ぶりという状態なのだ。

「大丈夫。私がフォローするから安心して」

そうすみれ色の瞳で微笑まれると、不安が溶けていくような気持ちになる。

そのせいもありイリニヤは思いのほかリラックスして臨むことができた。

（アディと一緒だと、会場に入った途端に注目されてしまうだろうから……気を引き締めていかないと……！）

そう意気込んでいたイリニヤだったが、見通しが甘かった。

ヤルヴィレフト公爵家の馬車は敷地に入った途端に注目の的、扉が開いてアドルフが降りると、その美貌に周囲がざわついた。

さらに中にいるイリニヤをエスコートするために手が差し伸べられると、周囲がどよめいた。

（は？　なに？　もしかしてもう既に始まっているの？）

アドルフがいかに社交界で注目されているかを改めて思い知ったイリニヤは、冷や汗をかき表情を固くする。

正直馬車から出るのも恐ろしいと思っていると、アドルフが小さく囁く。

「安心するといい、イリニヤ。今夜の君は誰より美しい。このまま人目のないところにしけこみたいくらいだ」

「……ありがとうございます」

手袋越しに熱を感じながらイリニヤはようやく馬車から出る。

カツン、と慣れないヒールが音を立てた。

いつもは動きやすいようにかかとの低い靴を履いているイリニヤだったが、ドレス姿ともなればそうもいかない。

夜会であれば恐らくダンスもしなければならないかもしれないし、転んでアドルフに恥をかかせるのだけは回避したい。

唇を引き結び、決死の覚悟でイリニヤは前を見た。

「そんなに緊張しないで。視線が気になるならずっと私だけを見ているといい」

「……なんだか今日はいつにも増して甘いですね」

笑ったつもりだったがただ顔が引き攣っただけかもしれない。そんなイリニヤを見てアドルフは目を細める。

「君は意外と繊細なんだな。帰ったらフェルに教えてあげなければ」

「もう！　そんなことばっかり言って」

組んだ腕を動かして肘で脇腹を小突くとアドルフは声をあげて笑った。

「はは！　その調子だマイレディ。ああ、最初に主催者に挨拶を。私の友人だ」

会場の奥で挨拶をしている快活そうな紳士を視線で指すと、そちらに歩いていく。

その足取りは迷いがなく、周囲のざわめきや無遠慮な視線など、まるで意に介していないようだった。

「アドルフ！」

「やあイザーク。今夜は招待ありがとう」

彼――イザーク・アッセル公爵は本当の意味で友人のようで、アドルフは随分と柔らかな表情をしていた。

（そういえば、家族ではない他の人と話すアディは珍しい……）

いつもよりも僅かに男くささを感じる口調もまた素敵だと思っていると、イザークがイリニヤに視線を寄越した。

「ところでそろそろ隣の美しい女性を紹介してくれないか？　お前が女連れで来るなんてみんな驚いているんだから」

気さくに微笑みかけられてイリニヤははにかむ。

あまり美しいなどと形容されることのない自分だが、今夜は公爵家のメイド総掛かりで着飾らせられた分だけ、評価は割増しになっているだろう。

「彼女はイリニヤ・レフテラ。私の――」

嫌な予感がしたイリニヤは、慌ててアドルフの言葉に自己紹介を被せる。

「ご子息クリストフェル様の家庭教師です！」

「……」

イリニヤの会心の自己紹介の言葉に目を眇めたアドルフを見て、イザークは吹き出した。

「は、ははっ！　なるほど、これがお前がエスコートしようとした女性ということか！　気に入ったぞ！」

「別に気に入らなくてもいい」

片眉を跳ね上げて不機嫌だとあからさまに表したアドルフに、まるで怖気づいた様子もなく、イザークは友の肩をバンバンと叩く。

「あぁ、なんて愉快な夜だ！　さあ、どんどん飲んでくれ！」

「お前は呑み過ぎるなよ、主催なんだから」

軽口を言い合うふたりの横でイリニヤは関係を深く追及されなかったことに安堵の息をもらす。

しばらくアドルフの知り合いが挨拶してくるのをニコニコと対応していると、楽団の演奏が終わり、
ダンスが一区切りしたようだった。まばらに拍手が起きたので、イリニヤもそれに追随して手を叩く。

「私たちも踊ろうか」

アドルフは知己に軽く挨拶をするとホールの中央へ向かって歩き出す。

「えっ、ちょっと、アディ……っ」

踊るなんて聞いてない、と焦るイリニヤにアドルフは花が綻ぶような笑みを返す。

「大丈夫、私がフォローするって言っただろう?」

そう言って戸惑うイリニヤをくるりと半回転させて向かい合うと、丁度新しい曲が流れ始める。

優雅にお辞儀をされたイリニヤは慌てながらアドルフに倣う。

(まさか断ってアドルフに恥をかかせるわけにもいかないし……っ)

周囲の視線が集まるのを感じながら、アドルフの手をとってステップを踏み始める。

最初は緊張していたが、音楽に乗って身体を動かすのが心地いい。

それにアドルフのリードは、イリニヤを背に羽が生えたように軽やかにさせた。

不躾なざわめきがターンするたびに小さくなっていくのがわかって、イリニヤはこっそり囁く。

「さすが麗しの公爵様ね。ダンスの途端にみんな黙ってしまったわ」

「君が美しいせいだよ。それにこんなに踊れるなんて予想外だ」

もっと手取り足取りしようと思ったのに、とつまらなそうに囁くと、アドルフはイリニヤをターンさせる。ふわりとドレスの裾が空気を孕んで翻る様に周囲からほう、とため息が漏れる。

基本のステップをアレンジして難易度をあげてくる姑息なアドルフに、イリニヤも対抗心が生まれる。

「研究と山歩きで鍛えた体力を舐めないでいただきたいわ！」

ふんす、と鼻息荒く応えるイリニヤに、アドルフは珍しく顔をくしゃくしゃにして笑った。


社交界と言えば淑女が活躍するイメージが多いが、紳士同士の付き合いも同じくらい行われている。アドルフがこの夜会に参加を決めたのも危険地図についての話をするためである。

一曲踊ったあと、イリニヤはアドルフと一緒に危険地図の意義を説明して回り、地権を持つ貴族に理解を求める。専門的なことはイリニヤが引き取ってわかりやすく説明をする。

当初はこの場に何故女が、と訝しげな顔をしていた者たちも、アドルフのイリニヤへの態度を見て次第に耳を傾けてくれた。

「……なるほど。今すぐに全面的に賛成はできぬが、貴公らのなそうとしていることは理解する」

「そうだな。我が領もその地質調査とやらをしてみなければ」

難色を示す者もいたが、半数程度は心を動かされたようで、アドルフとイリニヤは顔を見合わせて喜んだ。

「少し一人にしてしまうが、大丈夫か?」

「平気です。これでもちゃんとデビュー済みですから!」

ここからは紳士の社交、と別室に行くことになったアドルフを、イリニヤは力こぶを見せて送り出す。

無理をするな、と頬にキスをしてアドルフは席を外した。

パートナーがいないと手持無沙汰になるのが夜会である。

特に親しい令嬢もいないイリニヤは軽食をつまんだりグラスを傾けたりしていたが、風にあたりたくなってバルコニーに出た。


「ふう、涼しい……」

気付かないうちに酒量が多くなっていたのか、身体が火照っていたようだ。

夜風にあたると、冷えた空気を胸いっぱい吸い込んだイリニヤは大きく息をつく。

そんな時背後からヒールが床を叩く音がした。

存在を気付かせるためにわざと鳴らしたようなそれは、ヒステリックに夜の空気を震わせた。

「あら、先客でしたの」

「失礼しますわね」

数人のレディがイリニヤのいるバルコニーに入ってきた。

もちろん自分の屋敷でもないイリニヤは、拒否する権利もなくにこやかに応じる。

「どうぞ、お休みください。夜風が気持ちいいですよ」

イリニヤが端に避けてスペースを譲ると、令嬢の一人が顎を上向かせてじろりと睨みつける。

煌めく金の髪を高く結い上げ、遠目にもわかるほどに大きな宝石を身に着けている。

恐らく裕福な貴族の令嬢なのだろう……イリニヤは知らないが。

「いいものを身に着けていても、育ちの卑しさが滲(にじ)み出(で)てしまう方っていらっしゃるわよね」

「ええ。己を弁(わきま)えず、本当に見苦しいことですわ」

誰のこととは言わずとも、それが自分のことだとイリニヤは直感した。

しかしここで言い返すことはできない。

イリニヤは鈍感な振りをした。

「そうなんですね」

口角を上げてにこりと微笑む。

無害で無知に見える微笑みは中身のない雑談には有効だ。

しかし悪意を持った淑女の前には攻撃しやすく映ったのかもしれない。

令嬢は美しいレースの手袋で口元を隠して眉を顰める。

「あら、誰のことかおわかりになりませんの？」

「お恥ずかしながら、社交界のことには疎くて……一向に」

無知の仮面は諸刃(もろは)の剣だ。

相手を躱すことができる反面、自尊心を傷つけることになる。

反論したい気持ちを抑え込むのは気力がいることだ。

（わたしのように、普段勝手気ままに生きている人種には特に！）

イリニヤは見えぬところで拳を強く握った。

身分の面からも容姿の面からも、自分がアドルフに釣り合わないことはイリニヤ自身が一番わかっている。

今日だって、本当の意味でのパートナーとしてではなく危険地図のことについて意見を求められた時のために同行したのだ。

理解はしても、口の中に苦いものが広がる。

それらしいことは言われたものの、アドルフ一流の冗談や気遣いである可能性をイリニヤは捨てきれずにいた。

「ああ、なんて厚顔！　こちらが恥ずかしくなってきてしまうわ！」

金髪の令嬢は怒りに燃える瞳をイリニヤに向けた。

まるで青い宝石のような彼女の瞳は生気に満ちて素直に美しいと感じた。

彼女は舞台女優のように、張りのある声と大きな身振りでイリニヤを圧倒する。

「よろしくて？　ヤルヴィレフト公爵にエスコートされたからと言って、いい気にならないことね！　あなたみたいな冴えない女があの方にとって重要な人物であるわけがないのよ！」

令嬢の一言で、イリニヤは彼女が自分と同じだと理解した。

アドルフに想いを寄せながら、届かないともがく者。気持ちはよくわかる。

形ばかりとはいえ、アドルフの近くにいるイリニヤが憎くて仕方がないのだろう。

（絶世の美女か、高位貴族ならともかく、わたしですものね……）

たとえ着飾ったとしても、それは表面上のこと。

ましてやそれが、彼女の指摘通り厚塗りであるならば、耐え難い恥辱だろう。

「存じております。わたしなど公爵様の添え物、ステーキの隣のパセリとでもお思い下されば」

もとよりなにかを得るつもりはないと示すため、首を深く垂れる。

イリニヤの従順とも取れる態度に溜飲が下がったのか、令嬢たちは勝ち誇ったように囀る。

「そうよね、あなたみたいなどこの馬の骨とも知れぬものを、ヤルヴィレフト公爵様が相手にするわけないものね」

「本当に。それにしても公爵閣下は案外趣味がお悪いのね」

さざ波のように令嬢たちの笑い声が聞こえて、イリニヤは顔をあげた。

(聞き捨てならないわね、その言い方!)

イリニヤがアドルフに相応しくないと笑うのは我慢ができる。本当の事だからだ。だが、アドルフのことを趣味が悪いと笑うのは許容できない。

「お言葉ですが皆様。公爵閣下は添え物のパセリにまで価値を見出してくださる素晴らしいお方です。趣味が悪いなんてとんでもない誤解は撤回してください」

急に語気を強めたイリニヤに令嬢たちがわずかに怯む。路傍の石と侮っていた者に反論されるとは思いもしなかったのだろう。

「な、なによ急に強気になって。失礼だわ」

「そうよ。添え物は添え物として弁えないと、身を滅ぼすことになってよ!」

令嬢は持っていた扇子でイリニヤのドレスをはたく。

それを見た他の令嬢も彼女に倣うように、クスクスと笑いながらイリニヤのドレスを扇子ではたいていく。

（……本当に失礼な方たち……っ）

イリニヤは怒りをどうにか怒りを堪えようと深く息をした。

危害を加えられたわけではない。

少しきついことを言われ、ドレスをはたかれただけだ。

話に聞くように頬を張られたり、水やワインを浴びせられたりしたわけでもない。

それなのにどうしてか身体の芯に火がついたような怒りを覚える。その根底にはアドルフを侮られたという悔しさがある。

「あっ！」

突如イリニヤを取り囲んでいた令嬢たちから声が上がる。そのただならぬ動揺っぷりに首を巡らせると、令嬢たちを割るようにアドルフが現れる。

「イリニヤ、ここにいたのか」

「アドルフ様」

怒りを抑えきれない様子のイリニヤを見たアドルフは、長い足であっという間に近寄ると肩を抱く。

その仕草にアドルフの気持ちが表れているようで、令嬢たちが急に弱腰になる。

「心無い人間の悪意に触れて疲れたようだな、帰ろう」

アドルフは美しいすみれ色の瞳を細めると令嬢たちを冷たく見据えた。

「あ、あの……っ、誤解なさらないでくださいませ。ヤルヴィレフト公爵」

果敢にも金髪の令嬢が声を掛ける。弁明ついでに繋ぎを付けておこうとしているのか、イリニヤと対峙したときとは随分違う、甘やかな顔をしている。

「誤解？　私は恐らくあなたよりもこの状況を正確に把握していると自負しているが」

アドルフはさらに冷ややかな視線で令嬢を射貫く。

イリニヤも初めて見る表情に驚いていると、令嬢は引き付けでも起こしたような声を上げる。

「ひっ。そ、そんな……っ、わたくしはただ……っ」

大きな瞳を潤ませる令嬢は、事情を知らぬ人がみたら守ってあげたくなるような可憐さだ。

イリニヤも追い込み過ぎではないかと同情を向けそうになったが、アドルフに腰を強く引き寄せられて我に返る。

「そもそも私は君になんの興味もない。私にとって君はただ、私の大事な女性に無礼を働いた人間だということだ」

あまりの声の冷たさに令嬢は泣き崩れ、他の令嬢に引きずられるようにしていなくなった。

穏やかで優しいアドルフの意外な一面を見てしまい、イリニヤはぽかんと令嬢たちが退場した方を見ていたが、こめかみに口付けされて眉を顰める。

「何の興味もないって、ちょっとひどくありません？」

「本当のことを言ったまで。君をいじめられたことに対する報復としては優しいと思うけれど」

さきほどまでの表情とは打って変わって優しい色を湛えたすみれ色の瞳が、まっすぐにイリニヤを見つめている。イリニヤは優越感に顔がにやけそうになるのをなんとかこらえてアドルフの胸に手を突っ張る。

「それより『紳士クラブ』はどうだったんですか?」

「問題ない。かなりの数の理解と言質を得られた。それよりも君はどうなんだ。あんなに囲まれて恐ろしい思いをしただろう?」

息がかかるほどの距離まで顔を近づけてくるアドルフに苦笑しながら、イリニヤは自然な動作になるよう心掛けて一歩下がった。

アドルフからの美形圧力がほんの少し和らぐ。

「ちょっと絡まれただけよ。問題ないわ」

もしかしたらガラス戸の向こうで先ほどの令嬢たちが様子を窺っているかもしれない。

これ以上アドルフと接近するのはよくないと思ったイリニヤは、わざとらしく外に顔を向けて大きく息をする。

「はあ、夜風が気持ちいい!」

本当ならこの場からすぐに立ち去りたかった。

誰もいないところで心置きなく落ち込みたかった。

しかしアドルフはそれを許さず、腰を抱くと強引にイリニヤを引き寄せた。

「イリニヤ、帰ろう」

「え、ちょっと、アディ……！」

イリニヤが抵抗するとアドルフは中腰になり、まるで荷物のようにイリニヤを肩に担いだ。

「大人しくしていなさい」

「……っ！」

顔を真っ赤に染めたイリニヤを肩に担いだアドルフがバルコニーから出て会場に戻ると、周囲が凍り付いた。

皆自分が見ていることが現実であるのか、発言していいのか、酷く困惑しているようだった。

しかし夜会を凍り付かせた張本人は、意に介していないように迷いなく出口に向かう。

そこへ主催者で友人でもあるイザークが慌てて駆け寄ってきた。

「アドルフ！　お前なにを……」

「すまないイザーク。今日はこれで失礼する」

それはいいが、と言葉尻を濁したイザークと目が合ってしまったイリニヤは、両手で火照る顔を隠す。

それで何事か察したのか、イザークは鷹揚(おうよう)に頷いてアドルフの胸を拳で軽く叩いた。

「レディを運ぶのにその方法は相応しくない。宝物よりも丁重に運んで差し上げるべきだ」

「ア、アッセル公爵様！」

アドルフの暴走を止めてくれると期待していたのに、まさか違う方向に暴走させてどうする！　語気を強めたイリニヤを、アドルフはそっと床に下ろした。

「そうだな。大事な人は相応に大事に運ぶべきだ。助言感謝する」

そう言うと今度は膝の裏を掬って軽々と横抱きにした。

「ひゃああ！」

「大人しくしていなさい。口を塞ぐぞ」

声を潜めもせず言い放ったアドルフに、周囲から黄色い声が……いや、黄色い悲鳴が上がった。

イリニヤは亀になりたい気持ちで、必死に火照る顔を両手で隠し続けた。

温度差の激しい二人が玄関に姿を現すと、休憩していたであろう御者が慌てて馬車を寄せた。

「旦那様、もうお帰りですか？」

質問にただ頷くことで返事をしたアドルフは、常にない威圧感を発していた。

御者はそれ以上質問を重ねることなく、馬車の扉を開ける。

アドルフの腕に抱かれているイリニヤにはもちろん言及しない。

「あの、下ろしてください。ひとりで乗れますから」

「……」

顔見知りの御者にこれ以上恥ずかしいところを見せたくなくて、イリニヤが小さな声でそう申し出てもアドルフは知らぬふりでそのまま乗り込む。

御者も特に物申すわけでもなく扉を閉め、然る後、馬車はゆっくりと動き出した。

「……」

「……」

馬車の中には沈黙が降り積もり、イリニヤは窒息しそうだった。

なにしろ座席に下ろされるわけでもなく、横抱きにされたままなのだ。

正直に言えば柔らかな公爵家の馬車の座面よりもアドルフの膝は乗り心地が悪い。骨が硬いのだ。

それに重いだろうという遠慮も加味されるためさらに居心地が悪く、イリニヤはなんとか下ろしてもらおうとアドルフを見た。

「アディ、そろそろ下ろしてくれないかしら」

「そんなに私から離れたいのか？」

思いもよらぬアドルフの言葉に、イリニヤは目をぱちくりさせる。

眉を顰めてアドルフを見ると、いつもとは違う感情が浮かんでいるように思えて、首を傾げる。

「なんかアディ、変な顔をしている？」

「君、何気に失礼だね？」

気分を害したように片眉を吊り上げるアドルフがようやく言葉が通じるような気がして、イリニヤは頰を緩ませる。

「うまく言葉が見つからないのよ……なんというか、焦っているような……怒っているような、でもはっきりとそういうわけじゃなくて」

考えを口に出しながら悩むイリニヤは、アドルフの頰に月明かりが触れたのを見つけて手の甲をそっと滑らす。

肌の不調とは縁のなさそうな滑らかさが心地よくて何度か往復させると、アドルフがその手を掴んだ。

「あ、ごめんなさい。いやだった？」

意味もなく触れられるのを嫌う人もいる。手を引こうとしたが、アドルフはゆるりと首を振る。

「いや。君に触れられることは嫌じゃない。ただ、心地よくて我慢が利かなくなりそうだ」

声は穏やかで静かなはずなのに、なぜか心の奥の襞を震わせられたようでイリニヤは目を見開く。

「実は君のことを皆がやたらと褒めるんだ。最初は鼻が高いと思っていたのに、やれ美しいだのスタイルがいいだの、果ては君のドレスの下の姿を想像するような発言をされて気分が悪くなった」

その時のことを思い出したのか、アドルフの眉間には不快そうなしわが寄る。

本当に嫌だったのだと知り、イリニヤは肩を竦めて吹き出す。

「ふっ、あはは！」

笑い声と一緒に、さっきまで胸にわだかまっていたモヤモヤしたものが吹き飛んだ心地だった。

アドルフは否定するかもしれないが、彼が感じたのは嫉妬や独占欲と言われる類のものだろう。

それ自体はあまり好ましくない感情だが、イリニヤはそれがひどく嬉しかった。

アドルフに独占されたい、すべてを与えたいという気持ちが彼女の中で急速に膨れ上がる。

「それに君、令嬢たちに絡まれたとき、私のことを守ろうとしてくれただろう？　自分のことを言われたときは上手いこととぼけて躱していたのに」

「あ、あれは……っ」

自分が近くにいるせいでアドルフの趣味を疑われるのは申し訳ないと思ったからだ。

そう言い訳をする前に軽く唇を塞がれる。

「……っは、強くて可愛くて、それでいて誰かに寄りかかろうとせず正しくあろうとする……。そんな君を私が欲しいと思うのは仕方がないことだと思わないか？」

頬に、鼻先に、瞼にと口付けをするアドルフにイリニヤの気持ちも高まっていく。

「アディ、わたし今すごくドキドキしている……あなたのものにしてほしい」

「……っ」

首に腕を回して伸び上がると耳に直接吹きかけるようにして囁く。

アドルフは息を止めて喉仏を上下させ、すみれ色の瞳を細める。

本心を探るような視線を擽ったく受け止めると、イリニヤが真似をするように目を細めてから再び耳に顔を寄せて、今度は耳朶を柔らかく食(は)む。

「……っ、イ、イリニヤ？」

珍しく慌てた声音が嬉しくて、いたずら心を擽られたイリニヤは調子に乗ってはむはむと甘噛みを繰り返す。

横抱きにされているのがもどかしくなり、アドルフの胴を跨(また)ぐようにして密着すると大きな手のひらに腰を掴まれ密着させられる。

「ん、……はぁっ、アディ……っ」

耳殻に吸い付き舌先でチロチロと擽りなぞり上げると、下腹部に熱い固いものの存在を感じた。

愛撫とも呼べないような触れ合いでアドルフが興奮してくれていると思うとイリニヤの身体の芯が

ジン、と甘く痺れた。

（ああ、アディ……っ）

言葉にならない原始の感情がイリニヤを突き動かしていた。

知らず揺らめいた臀部を大きな手のひらで掴まれ、あからさまな喘ぎが漏れる。

「ん、あぁっ！」

目の前の首にしがみつくと、アドルフが首筋に唇を這わせる。

ぐにぐにとドレスの上から際どいところを揉みこまれると腰が勝手に戦慄く。

「まったく、君は本当に思い通りにならない……っ」

それはどういうことか、とわずかに残っていた冷静な自分が疑問に感じたが、すぐに官能に飲み込まれる。

ドレスがたくし上げられ、裾から侵入したアドルフの手がドロワーズごと臀部を揉む。

指が際どいところを撫でさすると、強い快感から逃れようとイリニヤの腰が浮く。

「あん！　待って、つよい……っ」

既に蜜をまとった秘裂が潤みを増していくのを如実に感じながら、イリニヤは堪らず腰を浮かす。

しかしそれで逃れられたわけではない。

浮いたことでアドルフの指はさらにイリニヤの弱いところに届く。

濡れた音が動いている馬車の中でもしっかりと聞こえる。

はしたない女だと言われているようで居た堪れなくなるが、それすらイリニヤの官能を煽り立てる要素となった。

「あっ、ふぅ……、ん！　待って本当に、ダメ……っ」

蜜にまみれたドロワーズの切れ目から侵入した長い指が濡れそぼった隘路を犯し、親指が秘玉を捉え転がすようにしてイリニヤを追い詰める。

「イリニヤ、今すぐに君が欲しい……っ」

コルセットで締めたせいで柔らかさを増したイリニヤの胸に顔を埋めたアドルフが、柔肌に歯を立てた。

同時に指の動きを速めてイリニヤの弱いところを強く押し上げる。

追い詰められ逃げ道もない蜜洞は、意に反して収縮しアドルフの指を食い締める。

「あっ、あぁ――っ」

達する瞬間、イリニヤは美しいプラチナブロンドが乱れるのも構わずアドルフの頭を強く抱かかえた。

「はぁ、……堪らない……っ」

達したあともキュウキュウと指を締め付けるイリニヤの蜜洞の感触に、アドルフは仄暗い笑みを浮かべた。

もしこの指が己の分身だったなら、と考えるだけで血が煮えそうなほど滾る。

実際彼の雄芯は痛いくらいに張り詰めて、解放のときを今か今かと待っていた。

くたりと脱力しているイリニヤのドレスの裾をからげて、柔らかく綻びたあわいに獰猛な昂ぶりで分け入ると考えただけでイってしまいそうだった。

（だが、ここではイリニヤを存分に気持ち良くしてやることができない）

通常のものより広いとはいえ、馬車という空間は愛を交わすのに十分ではない。

不規則に揺れるし、外には信用できるとはいえ御者もいる。

アドルフは眉間にしわを寄せて己の欲とイリニヤへの気遣いを秤（はかり）にかけ、秤にかけるべくもなく優先されるべきはイリニヤだろう！　と早々に結論を出す。

しかしそれをなかなか実行に移すことができず、断腸の思いで指を引き抜くのだった。

公爵邸にアドルフとイリニヤが乗った馬車が到着した際、出迎えに出た使用人たちは後悔した。

どう考えても今夜のことを噂しないという自信がなかったのだ。

顔を赤らめて微妙に髪型やドレスが乱れた様子のイリニヤを横抱きにして歩くアドルフ。

彼の視線はずっとイリニヤに注がれていたし、常よりも濃い色香を放っているように見えた。

「お帰りなさいませ。旦那様、レディ・レフテラはどう……」

執事であるバウマンが果敢に説明を求めるが、アドルフは顎を僅かに上げただけでそれを黙らせる。

「気にするな。彼女のことは私がするから、皆はもう休め」

素っ気なく解散を命じた主に、いったい誰が反論できるだろう。

バウマンは一瞬遠い目をしたあと深々と頭を垂れて主人を見送った。

ずっとイリニヤを腕に抱いたままのアドルフだったが、疲れた様子は一切見せず、逆に軽快な足取りで階段を上り大股に廊下を進む。

その理由を、これから身をもって証明することになるイリニヤはなにも言えず真っ赤な顔で口を噤んでいる。

（ああ、明日からわたし、どんな顔をしたらいいの……っ）

屋敷中……いや社交界中にアドルフとただならぬ仲だと喧伝してしまったようなものだ。

なんとか弁明できないだろうかと茹だる頭で必死に考えたがいい案など浮かぶはずもなく、気付けばベッドの上にいた。

「え、ここ……」

すっきりとした室内には余計な装飾はなく、ただあるべきものがあるといった風情だ。

イリニヤに宛がわれた部屋のほうが豪奢に見えるほどにシンプルな部屋だった。

「私の部屋だ」

さらりと言ったアドルフは上着を脱ぐとそのまま無造作に床に落とす。

クラバットをむしるように外し、それもまた床に落とす。

仕立ての良いアドルフの衣服はそのような扱いをされるようなものではなく、イリニヤはベッドから下りてそれらを拾おうとするが、アドルフに片手で止められる。

「服を拾うよりも優先するべき事柄があるだろう？」

甘い声が掠れてすみれ色の瞳が妖しい光を放っている。

イリニヤはまるで喉が嗄れてしまったように声を出せなかった。

息が浅い、と思ったがどうしたらいいのかわからない。

いったい今までどうやってアドルフの前で呼吸をしていたのか、思い出せない。

ただ、目の前のアドルフがシャツのボタンを乱暴に外し、肌を露出しながら膝をベッドに乗せたときの軋みが、いやに大きく聞こえた。

「リーニャ、君のすべてを私にくれるのだろう？」

「！」

熱に浮かされていたときの自分の言葉を本人から復唱されて、イリニヤは気が遠くなった。

なんて恥ずかしいことを言ってしまったのだ！

たとえそれが本心だとしても！

「さっ、差し上げたいのはやまやまですが……！　別に拒否していただいても」

しどろもどろになりながらも、身体の芯が火照り馬車の中でしとどに濡れた蜜洞を意識してしまう。

さんざん指で解されたそこは、もっと強い刺激を求めてヒクヒクとアドルフを求めている。

「拒否するという選択肢がわたしの中に存在するとでも？　もしそう考えているのなら君は私のことを知らなすぎる」

引き締まった雄の身体がイリニヤに迫る。

威圧を感じるわけではないが、これから身体の隅々まで征服されるのだと思うと尻込みしてしまう。

「……もっと私について学ばなければな？」

「！」

目を細めて口角を上げる、いつもより意地悪な表情が、たまらなく官能を擽る。

イリニヤは喉を鳴らして生唾を飲む。

「ふふ、いいねその顔。私しか目に入らないと言われているみたいで……そそられる」

伸ばされた手がイリニヤを引き寄せて、唇を塞いだ。

流石（さすが）、公爵家当主のベッド。

イリニヤは濃厚な愛の行為を受けながら心の中で唸る。

一見シンプルに見えてその実、どこよりも高級なものなのだろう。

大人二人で激しくまぐわってもびくともしない。

（いえ、この広さだもの……三人くらいは余裕で受け止めるくらいのポテンシャルがあるのかも？）

睡眠時に使用するとは思えない動きにもわずかな軋みだけで対応しているベッドに感心していると、無防備に揺れていた乳嘴をきゅう、と摘まれる。

「あっ」

「イリニヤは随分と余裕があるようだ。憎らしいな」

そう言うとアドルフは抽送をやめ、雄芯を蜜洞から引き抜く。

もしかして気分を害してしまったのか。

アドルフにそうではないと説明しようとして上体を起こすと、彼はベッドの上に胡坐をかいて指でイリニヤを呼ぶ。

「？」

四（よ）つん這（ば）いでにじり寄ったイリニヤの腰を撫でるとアドルフは短く「乗って」という。

そして昂る己を指差す。

意味を理解したイリニヤは、狼狽もあらわにベッドの上で慌てふためく。

「えっ、それってわたしが……？　アディの上に……っ」

「そう、ここへ来て跨って、自分から入れて」

腰を振ってよがれ、とアドルフの目が言っている。指示通りにしている自分を想像したイリニヤは羞恥で頭部が弾け飛ぶ。

「むっ、むりむりむり、できません……っ」

そんな淫らなこと――そう拒んだイリニヤの手を掬うと、アドルフは指先に口付けた。

「だが自ら動くことによって、一番いいところが気持ちよくなるんだよ？」

「そんな……、アディがしてくれるのが十分気持ちいいのに」

これ以上気持ちよくなることなんて、あり得るのか？

困ったイリニヤは眉を寄せて首を捻った。

しかしいくら考えてもアドルフの手よりも自分を高ぶらせてくれるものが想像すらできない。

「……う～ん？」

首をさらに捻るとアドルフがイリニヤの腰を持って強引に胡坐の上に配置する。

あとは腰を下ろすだけ、となってもイリニヤは腿に力を入れてそれを頑なに拒否した。

「ダメ……！　これはなんだかダメなことのような気がする……っ」

必死に抵抗を試みるが、アドルフの切っ先が熟れた花弁をくちゅりと撫でると腰に力が入らなくなってしまう。

膝ががくがくと震え腰が戦慄く。

蕩けたイリニヤの表情を見てアドルフは得たりとばかりに腰を揺らめかせて割れ目に先端を擦り付けると、痺れにも似た快感がイリニヤの身体を支配していく。

（まるで毒だわ）

潤んだ目で見ると、アドルフもどこかフワフワとした顔をしているような気がして、イリニヤは理解した。

（快楽が与えられるものならば、きっとわたしからアディにだって……）

アドルフは自分でいいところを刺激するのだと言ったが、それはきっと彼だって気持ちいいはずなのだ。

イリニヤは意を決して腰を落とす。

濡れた音が恥ずかしくて耳を塞ぎたくなるが、生憎(あいにく)両手はアドルフの肩に置かれているためできない。

（腕がもう二本欲しい）

そんな気持ち悪いことを考えながらも、イリニヤはそっと腰を落としていく。

しかし狙ってもなかなか難しく、アドルフの怒張はイリニヤの媚肉を掠めて逃げてしまう。

「ぁ……んっ！」

硬い先っぽだけで何度も入り口を擽られ、時折赤く熟れた秘玉をも刺激されるイリニヤは早く腰を下ろしてしまいたくてたまらなくなっていた。

ふうふう、と快感に耐え荒い息をするイリニヤだったが、向かい合っているアドルフからも、先ほどよりも熱を帯びたような雰囲気を感じる。

(もしかしてアディもつらい……?)

確かに男性にとって敏感な先端を何度もぬるぬると刺激していればそうなるだろう。

双方のためにもそろそろ合体が成らなくては共倒れになりかねない。

イリニヤは妙な使命感を滾らせると潤み切った目を見開いた。

「アディ、しっかり支えていて……」

そう言われたアドルフはイリニヤの腰に添えた手に力を籠める。

だが、イリニヤは首を横に振り毅然と言い放つ。

「違うわ、アディの肉棒を支えていて……!」

「な、なんて?」

狼狽しながらもアドルフが腰から手を離し自らの昂ぶりに手を添える。

そこにイリニヤがゆっくりと腰を下ろしていく。

みちみちと柔肉が拓(ひら)かれ、陽物が呑み込まれていく感覚がイリニヤの脳を支配する。

「は、……ぁあっ!」

同じところに入れているはずなのに、挿入されるのとは明らかに違う感覚に皮膚が瞬時に粟立つ。

「く……っ」

ゆっくりとアドルフを呑み込んだ蜜洞の感覚に神経を集中していたイリニヤは、自分の臀部がぺたりとアドルフの足に触れてようやく根元まで来たのだと詰めていた息を吐く。

自重のせいか、隙間なくより深く埋め込まれた雄茎が中で震えている様子が手に取るようにわかり、イリニヤはほう、と深く息を吐いた。

「アディが、しっかり収まった……っ」

あんなに大きいものを……。

やり遂げた、わたしは頑張ったわ！　イリニヤが満足感に浸っていると中に収めた雄芯がビクビクと震え、質量が増した気がした。

「え？」

僅かな脈動も逐一拾い上げて快感として処理する己の膣壁に驚きながら顔を上げると、少し下にあるアドルフが荒い息をついてイリニヤを見ていた。

一見すると怒っているような雰囲気だが、そのすみれ色の瞳には明らかな情欲の炎が宿っている。

なにかに耐えるように息を浅く吐いている。

その鋭い視線にどぎまぎしていると、アドルフが甘い声で囁く。

「さあリーニャ。自分のいいところにあてるように動かしてごらん……？」

「え⁉」

ここでわたしの仕事は終わりではないのか？

そう言いたげなイリニヤの顔を見上げたアドルフは、心の底から善人のような顔で微笑む。

「あぁ、初めてだからよくわからないかな？　じゃあ教えてあげよう。例えば……ここ」

アドルフが腰を突き上げると、雄芯がイリニヤの膣壁の弱いところを的確に突く。

トントンとリズミカルに押し付けられる先端は、イリニヤをイリニヤ以上に知り尽くしていた。

堪えきれずに腰を戦慄かせ、アドルフの昂ぶりをきゅうきゅうと締め付けてしまう。

「あ！　ぁあっ！」

「上下もいいけれど、前後にも気持ちいいところはあるから……ほら」

イリニヤの腰を支えて腰を振らせると、不器用ながらもカクカクと腰を揺らし、熟れた声を上げ始める。

「あぁ、いいよイリニヤ。私も気持ちいい……っ」

アドルフの目の前で揺れる乳房が揉まれ、乳嘴が口に含まれ吸われると、イリニヤはさらによがり腰を揺らめかせた。

初めての感覚にイリニヤは陶然として顎を反らす。

はしたないとか、みっともないとかそんな気持ちは吹き飛んでいて、ただ自分とアドルフの快楽だけを懸命に追っていた。

堪えきれないなにかが口から零れ落ちないように、そしてアドルフのこと以外なにも考えられないように。

いままではアドルフが与えてくれるものを享受していただけのイリニヤが、アドルフにも与えてあげられているという満足感も相まって、彼女の思考も身体もこれ以上ないくらいに蕩けていた。

貪欲にもっともっとアドルフを感じたい。

そう無意識に求めたイリニヤが腰を揺らすと、不意にアドルフに腰を掴まれ激しく突き上げられる。

「あっ？　や、あ……あぁ……っ！」

結合部からグチグチと濡れて卑猥な音が耳を犯す。

聴覚がイリニヤの官能を増幅させ、蜜洞が律動するアドルフの雄茎をきつく締めあげる。

イリニヤは必死にアドルフの首にしがみつきながら、なおも腰を揺らし続けた。

「く……っ」

苦し気な呻きがアドルフから漏れ、終わりを予感したイリニヤだったが、次の瞬間今まで以上に奥を突かれ瞼の裏で真っ白な火花が散る。

「えっ、あ、……っ、アドルフ……あっ、……あぁっ！」

「イリニヤ……っ」

そこは無理だ、といいたくなるほど最奥を先端で捏ねられると身体が意に反してがくがくと震えた。

火花は絶え間なく弾け、イリニヤの視界を真っ白に染めていく。

「は、あ……っ、もう……っ」

意識を保っていられない、と意識の断絶を感じたイリニヤの中は激しく収縮し、抽送するアドルフを食いちぎらんばかりに締め付ける。

「う、ぁ……っ」

甘く掠れた声がしてアドルフがイリニヤの中に白濁を放った。

緩やかに抽送しながら何度も放たれるのを感じながら、イリニヤは思考まで真っ白に塗りつぶされた。

直前になにか言おうとしたが、言葉がばらばらと纏まらないうちに意識が途切れた。

髪を優しく撫でられている感触に、イリニヤの意識がゆっくりと浮上し始める。

幼い頃母がそうしてくれていたように、柔らかい愛情で梳かれるこの時間が、イリニヤはとても好きだった。

このままずっとベッドで頭を撫でていてもらいたいという気持ちと、起き上がって母に大好きだと抱きつきたくてうずうずする気持ちとが瞼の裏で戦う。

イリニヤはあの頃と同じように夢うつつのままシーツの上で体温を探す。

すぐそばにしっとりとした感触をみつけにじり寄る。

少し甘い、母の香りを期待して大きく息を吸い込むと、予想とは違う香りに鼻腔を満たされ、瞼を開ける。

「……っ？」

イリニヤの目の前にはシャツを羽織っただけのアドルフがいた。

彼は一瞬困ったような顔をしたが、それでも柔らかく微笑んでくれた。

「気が付いた？」

「え、わたし寝てしまっていました?」

慌てて起き上がろうとするイリニヤをアドルフが止める。

「いや、十分も経っていない」

その言葉に安堵したイリニヤは力を抜いて再びシーツに沈む。

どうやらその十分の間にアドルフが身を清めてくれたようで、身体のべたつきもあわいの不快感もない。

申し訳なく思いながらも、次は自分がアドルフにいろいろしてあげようと誓うイリニヤだった。

「無理をさせてすまないね。でも、はじめてとは思えないほど上手だったよ」

まるで子供の習い事を褒めるように頭を撫でられ、イリニヤは少し前の痴態を思い出し顔を伏せる。

「ううう、自分で腰を振るのがこんなにも恥ずかしいことだとは思いませんでした」

うつ伏せになって顔を完全に隠して羞恥に悶(もだ)えるイリニヤの肩に、アドルフが優しく触れた。

「でも、とても上手だったし、私も気持ち良かった。君も自分で気持ちよくなれる方法があるといいだろう?」

そう言われて、イリニヤは考える。

確かにしてもらうだけの行為では得られないものがあった。

特にアドルフを気持ち良くしているのだという、満ちたりた気持ちはなにものにも代え難い。

「そ……っ、そうですね……」

アレを否定することはできない、と思い返しながらアドルフを見ると彼はイリニヤの髪をひと束揃って口付けていた。

「！」

「本当に、素敵な時間だったよ」

（こういうことを自然にやって絵になってしまうんだもんな、この人……！）

赤面しながら思うイリニヤだった。


屋敷の中で、イリニヤに対する態度が変化してきた。

もちろんイリニヤは正しく『クリストフェルの家庭教師』であるのだが、そこに『公爵閣下の想い人』という新たな看板が掲げられつつある。

この、『掲げられつつある』というのはイリニヤの全くの主観で、屋敷の中の認識ではすでに『公爵夫人候補』となっているのを、イリニヤは知らない。

もちろんアドルフとそういう仲になっても、クリストフェルへの学習の手を抜いたりはしない。

なんならクリストフェルのことを優先しすぎだと、アドルフに小言を言われることだってあるのだ。

（それに、わたしは公爵夫人になるつもりはないのだし）

胸に宿るアドルフへの気持ちは決して軽いものではない。

しかし自分が公爵夫人にふさわしくないことはイリニヤが一番知っていた。

愛していると言われるたびに嬉しさと同じくらいの苦しさを感じながら、イリニヤはクリストフェルの勉強に、自身の研究に、アドルフへの愛に日々忙しく生きていた。

ある日晩餐の席でアドルフはクリストフェルに明日王城へ行く準備をしておくように、と告げた。

「はい、わかりました公爵様」

お行儀よく返事をしたクリストフェルがいつも通りだったため、イリニヤは軽い気持ちで話に加わる。

「なにがあるんですか？」

「八歳になるのを機に、正式にヤルヴィレフト公爵家の後継者として承認を受けてくるのだ」

さらりと言うアドルフに「へえ、そうなんですか」と話題を流しそうになったイリニヤだったが、とても看過できない情報が混じっていたことに気付いて目を見開く。

「ちょっと待ってくださいアドルフ様……今なんと？」

顔色を変えてカトラリーを置いたイリニヤに、アドルフは不思議そうな顔をしながらも復唱する。

「ああ。クリストフェルが八歳になるので、正式に後継者として王城に届け出るのだ。とは言っても、陛下に挨拶をしてくるだけだが」

言いながらアドルフは己の無神経さに気付いて愕然（がくぜん）とする。

クリストフェルが現国王と自分の婚約者との間に生まれた私生児だということは、皆が知る事実だ。

しかしだからといってこのように何でもないことのように発言するのは、いささか……いやかなりクリストフェルの気持ちに添わないことなのではないか。

イリニヤはそれを指摘して顔色を変えているに違いない。

アドルフは瞬時に反省する。

「すまない、クリストフェル。私が無神経だった。いくら慣習とはいえ、もし君が嫌ならば無理に王城に同行せずともよい」

「いえ……僕は別に。公爵様と一緒ならば」

アドルフに謝られたクリストフェルは大きな目を真ん丸にして驚いていた。

そして照れたように瞼を伏せ、頬を染める。

気分を害した様子がないことにアドルフが安堵の息をつく。

そこにイリニヤが追い打ちをかけるようにまくしたてた。

「話の肝はそこじゃないんですよ！　八歳になるということは、お誕生日だということじゃないですか！　王城に行く話よりもお誕生パーティーの話のほうが先でしょう！」

「……パーティー？」

興奮で立ち上がったイリニヤが鼻息も荒く腰に手を当てる。

「それで、お誕生日はいつなんですか？」

「いや、だから明日だが……」

明日だと⁉

そう言いたいのだろうが、公爵であるアドルフの体面を慮り、精一杯我慢したイリニヤの見開いた目が零れ落っこちそうになる。

そんなイリニヤを食堂にいる皆が固唾を呑んで見守っていた。

「時々イリニヤは怖いな」

「ふふ……そうですね」

王城に向かう馬車の中で向かい合ったアドルフとクリストフェルは、プンプンと怒りを隠しもしないイリニヤを思い出していた。

イリニヤは帰ってきたらお誕生日パーティーなのだから寄り道せずに帰ってくるように、とふたりに何度も言い含め送り出してくれた。

公爵家では誕生日パーティーをしたことがない。

アドルフの父である前公爵は冷血漢というわけではなかったがそのような子供の行事には疎く、時間があるのならばもっと他にやることがあると考える人物だった。

そのような人物に育てられたアドルフもそれが普通だと思っていたうえ、クリストフェルの出生の事情は大々的に祝うには繊細過ぎる問題だった。

彼がその事情を知ってからはなおさら。

しかしイリニヤはそんな問題など、軽く飛び越えてきた。

それはある種無神経といってもいいようなものだったが、クリストフェルの嬉しそうな顔を見たアドルフは自分の認識が間違っていたのだと知った。

「さっさと済ませて、早く帰ろう」

この国で一番尊重されるべき国王との謁見を軽んじているようなことを口にするなど、これまでのアドルフでは考えられない。驚くべき変化といえるだろう。

「……はい！」

だが、アドルフは元気に頷くクリストフェルをみて頬を緩ませた。

「よく来た、ヤルヴィレフト公爵」

玉座にだらしなく肘をついた国王ヘイケンの前でふたりは頭を垂れる。

アドルフはいつもと同じように決まりきった口上を述べ、最短で用事を済ませようとする。

早く帰りたいのは勿論だが、この場からクリストフェルを遠ざけたかったのだ。

ヘイケンはニヤニヤと意味深な顔でクリストフェルを見ているし、ヘイケンの隣にいる王妃は突き刺さんばかりの鋭く冷たい視線でクリストフェルを見ている。

それに今日はなぜかビリエル王子までこの場に臨席していた。

王子はクリストフェルよりも一月前にヘイケンと王妃の間に生まれた『由緒正しい』継嗣だ。

まだ立太子されていないが、現在王子が他にいないことからまもなく立太子の儀が大々的にも催されることになるだろう。

どこかぼんやりとした視線で暇そうに遠くを見る様子からは、なにを考えているのか汲み取ることはできない。

「そなたがクリストフェルか」

ヘイケンがクリストフェルに話を振る。

これは決まりきった流れで、名を呼ばれた後継者は国王に挨拶をし、これからの抱負を語ることになっている。

どんな内容であれ、国王はそれに対して「うむ。よく励むように」と返して終わりとなるのだ。

「はい、クリストフェル・ヤルヴィレフトでございます。この通りまだ若輩とも言えぬ身ではございますが、見聞を広め勉学に励み、父のように陛下とこの国を支える礎のひとかけらとなるべく精進してまいります」

はっきりと淀みなく、のびやかな声でそう宣言したクリストフェルに、周囲から感嘆の息が漏れた。

緊張しているだろうにそれを欠片も見せない態度は、好感を持って迎えられたようだった。

しかし直後、パチン！　と扇を勢いよく閉じる音がして周囲がシンと静まり返った。

音源を探すまでもなく、それは王妃が出した音だということは誰もが知るところだった。

周囲が息を殺して気配を消す中、ヘイケンが場を読まず喜色の混じる声を上げる。

「おお、見事な口上だ。英明であることが透けて見えるな」

「お、……恐れ入りますっ、身に余る光栄に存じます」

定型どおりの返答ではなかったことにクリストフェルは一瞬動揺したが、すぐに無難に打ち返す。

それもまたヘイケンの琴線に触れたのだろう。

機嫌よく頷くと身体を前のめりにして、クリストフェルに話しかける。

「ヤルヴィレフト公爵家が羨ましいな。こんな利発な子供ならいっそ私の後継者にしたいくらいだ……あぁ、いい考えかもしれぬ」

浮かれたようにヘイケンが膝をパン！　と叩く。

そして耳を疑うようなことを口にする。

「そうだ、そもそもそなたは私の優秀な種なのだから、まったくおかしい話でもない。そうであろう？」

「陛下、お待ちください……っ」

慌てたアドルフが会話に割り込むが、ヘイケンは気にした様子もなく自分の思い付きに何度も頷いている。

「我が子ながらビリエルの凡庸さには首を傾げておったのだ。紅炎の瞳を持ちながらこうも違うものかと呆れるわ。いいところが全部そなたに行ったということなのかもしれぬな」

「陛下！」

ヘイケンのあまりの言いようにアドルフが語気を強める。

無礼な態度だと承知しているが、ここで引くことはできない。

「お戯れはおやめください。クリストフェルは私の子です。猫の子や犬の子のように、ならばどうぞと差し出せるものではございません」

柔らかな口調ながら視線は鋭く、アドルフの態度はヘイケン相手に一歩も譲る気はない。

しかしヘイケンは為政者故の強心臓を発揮して軽薄に笑う。

「だがクリストフェルとて、本当の父と共にいたほうが幸せということもあろう？　わたしも優秀な子ならばもっと愛せるやも」

アドルフは一瞬言葉に詰まる。

本当の親子が一緒にいることが、クリストフェルの幸せになるならば。

子の幸せを願わない親がどこにいるだろう。

もし自分と居るよりもクリストフェルが幸せならば。

そう考えたアドルフに、ヘイケンがさらに空気を読まない言葉を投げかける。

「あぁ、これまでの養育費を支払えということかな？　よかろう、言い値の倍払おうじゃないか。優秀な後継者が手に入るならば安いものだ」

傲慢すぎるヘイケンに、アドルフは目の前が真っ赤になるほどの怒りを覚え、拳をきつく握る。

隣のクリストフェルを見下ろすと、彼は今にも倒れそうな真っ青な顔をしていた。

（……クリストフェルを不安にさせて、なにをしている！）

子供にこんな顔をさせるなど、親として失格だ。

アドルフはクリストフェルの肩に手を回すと、力強く抱き寄せた。

「こ、公爵様？」

「この子は私が名付け、私が育てたヤルヴィレフトの愛し子。自ら羽ばたく時までヤルヴィレフト公爵家が……、私が見守ると誓ったのです。どうかご容赦ください」

きっぱりと言い切ったアドルフに迷いは一切なかった。

不敬と言われようとも、言わねばならぬことは言うという確固たる意志がすみれ色の視線に宿っていた。

「……父上。僕も父上と一緒にいたいです……っ」

震える声で告げたクリストフェルの紅炎の瞳から涙が零れた。

イリニヤが少しずつ縮めてくれた絆が、今しっかりと寄り添ったのがわかった。

美しい親子愛を目の当たりにした周囲から感嘆のため息が漏れる中、「興覚めだ、下がれ」とヘイケンは飽きたような態度で言い放つ。

謁見の間を辞したふたりは並んで王城の廊下を歩いていた。

どちらも言葉を発せずただ黙って歩くだけだが、これまでとは違い、心の距離が近付いたのを互いに感じていた。

「クリストフェル、怖かっただろう。すまなかったな」

アドルフの声にクリストフェルが驚いたように見上げる。

紅炎の瞳が限界まで見開かれている。

その感情溢れる様をアドルフは『まるでイリニヤのようだ』と感じた。

「いいえ！　父上がわたしのことをお守りくださったので……大丈夫です、ありがとうございます」

もじもじとしながらまた前を向くクリストフェルが可愛くて、アドルフは口角を上げた。

「あ、こちらですよね」

照れくさくなったのか、馬車停まりの方向を指で差すクリストフェルの反対側の手を、アドルフが握った。

「もう少し話したい。遠回りしていこう」

「……はい！」

気持ちを互いに吐露して、なんの柵もなくなるまで話し合ったふたりが公爵邸に帰ってくる頃には、既に日が傾いていた。

今か今かと帰りを待っていたイリニヤは、あまりの遅さに途中でなにかあったのではないかと心配したが、戻ってきたふたりがいやにすっきりとした顔をしていたことで察した。

(国王陛下と会うというから心配したけれど、いい感じでまとまったのかしら)

その夜の晩餐は大変豪華なものだった。

もともと公爵家ではいいものを食べているのだが、料理長が初めてのパーティーということで腕によりをかけ準備したのだ。

結果、食べきれないほどの料理とデザート、そして祝いのケーキがテーブル狭しと並ぶこととなった。

それを見たアドルフはみんなで祝おう、と使用人たちにも声を掛けた。

最初は戸惑っていた使用人に、アドルフは無礼講だと自らワインを振る舞って歩く。

次第に食堂は立食パーティーの様相を呈し、アルコールが入った面々は陽気になって歌いだす者、踊りだす者までいた。

楽器を嗜む者は陽気な音楽を奏でて場を盛り上げ、大いに食べ、笑い、クリストフェルの誕生を祝った。

イリニヤは楽しそうにはしゃいでいるクリストフェルを見て、本当に良かったと顔を綻ばせる。

「あの、リーニャ。僕の誕生日だから、お願いを一つ聞いて欲しいんですけれど」

もじもじと見上げてくるクリストフェルがあざと可愛くて、イリニヤはにへら、とにやけた。

「ええ、いいわよ！　どんなお願い？」

「あのね……リーニャ。僕が大きくなったら結婚してほしいのです」

「ぶっ！」

言われたイリニヤよりもアドルフが激しく動揺して噎せる。

ゴホゴホと咳込みながら「駄目だ！」と真っ向から否定する。

なにもそんなにむきにならなくても、とイリニヤは眉を下げるが当のクリストフェルはそうかぁ、と納得しすぐに代替案を口にする。

「じゃあ、僕の母上になってほしいな」

「……っ！」

それは無邪気な子供の願いと呼ぶには、あまりに繊細な問題を抱え過ぎたものだった。

誰もなにも言えない空気を読んだのか、クリストフェルは「じゃあ……」とまた別の願いを考え始める。

「あ、そうだ！　今日はリーニャと父上と三人で一緒に寝たいです」

これならいいでしょ？　と自分が最大限の譲歩をしたのだと紅炎の瞳を潤ませる天使のごときクリストフェルに、いったい誰が否と言えようか。

当人たちはこっそりと後でね！　と言い、周囲は天使の願いを叶えるために聞こえないふりをして騒ぎ、夜が更けた。

その夜、アドルフの寝室がノックされた。

アドルフが応えを返すと扉が開いて、枕を持ったクリストフェルとイリニヤが並んで立っていた。

「いらっしゃい、さあ、どうぞ」

頬を緩ませたアドルフがガウン姿で優雅に二人を招き入れると、クリストフェルが子供らしく歓声を上げて大きなベッドに飛び込む。

「わあ！　父上のところのベッドは大きいですね！　僕が一緒に寝ても大丈夫なように？」

「あぁ、そうだよ」

人好きのする笑顔でアドルフが肯定すると、イリニヤがほのかに赤面した。

以前このベッドで夜を明かしたときのことを思い出してしまったのだ。

それを察知して、アドルフは口角を上げた。

それぞれ入浴を済ませてきたので、あとは寝るだけだ。

しかし初めてのアドルフのベッドで興奮しているクリストフェルは、目が爛々と輝いている。

クリストフェルを真ん中にして三人で並んでベッドに入ると、とりとめのない話をする。

しかし、クリストフェルの語りは徐々に緩慢になっていく。

（まあ、そうよね）

瞬きの回数が増え、目を閉じる時間が多くなる。

それも仕方のないことだ。

初めての王城、初めてのパーティーで疲れているところに、最高級のベッドである。

疲労した身体はあと少しで、あたかも底なし沼に足を囚われたように眠りに落ちるだろう。

気付けば健やかな寝息を立てて眠ってしまったクリストフェルを、アドルフは愛しくて仕方ないという手つきで撫でている。

「寝てしまったわね。フェルの部屋まで運びましょうか？」

「いや、起きたときに悲しませることになるだろう。このままで」

クリストフェルが望んだことだが、もしかしたらアドルフが望んだことでもあったのかもしれない。

イリニヤは頷いてベッドから出ようとしたが、腕をアドルフに掴まれてしまう。

「なに？」

あまり騒ぐとクリストフェルが起きてしまうためイリニヤが囁くと、アドルフは不満そうに口をへの字に曲げた。

「フェルが起きて君がいなかったら悲しむだろう。今夜はここで寝てくれ」

「ええ？　アディ、あなた本気でそんなこと言っているの？」

イリニヤは小声で叫んだ。

確かに聞いていないふりをしてくれていたとはいえ、あの場にいた皆が同衾（どうきん）の件を聞いていた。

クリストフェルを間に挟んでいたとはいえ、本当にアドルフの部屋で一夜を過ごすことなどできるはずがない。

要らぬ憶測を呼ぶことになる。

「私が君のことを愛しているのはもう周知の事実だ。なにを今更」

「あっ、愛してるとか、そんな軽々しく言わないで……」

イリニヤが手で顔を隠す。

その表情には多分の照れと、僅かに困惑が浮かんでいた。

アドルフはそれに気付いたが敢えて指摘しなかった。

「軽々しくこんなことを言っているつもりはないし、君を困らせるつもりもない。ただ、今夜はクリストフェルのために、どうか」

掴んだ手に力が込められる。

力づくではなく懇願が感じられる彼の体温を、イリニヤが否定できるわけがない。

結局イリニヤは照れを滲ませながらシーツの上に横たわる。

それを確認したアドルフは、口の端だけで笑うと自らも横になる。

「ありがとう……おやすみ」

部屋の明かりを落とすと眠ってしまったのか、アドルフの気配が薄くなる。

耳をすませばすやすやと、二人分の寝息が聞こえてきた。

（寝つきがいいな……！　羨ましい……っ）

クリストフェルの様子に気を配りながら居眠りと覚醒を何度か繰り返したイリニヤは、ようやく明け方近くになって深い眠りに落ちていった。

鳥の声が聞こえる……それが朝の合図だと半覚醒状態で感知したイリニヤは小さく唸って寝返りを打った。

　体感的にまだ早い時間だと、身体が二度寝を要求する。

それでなくても昨夜は寝つきが悪かったのに。

アドルフはともかくクリストフェルが気掛かりだったのだ。

しかしイリニヤの希望に反して、小鳥のさえずりはまるで人の言葉のように意味を持って聞こえてくる。

《ふふふ、お寝坊さんだね》

《しー……、寝かせてあげなさい》

《うふふ、でも、おかしいんだもん》

(この鳥は親子なのかしら？　親鳥は随分とセクシーな声で……⁉)

「いや、鳴き声がセクシーな鳥って！」

目を限界まで開き、腹筋を使い飛び起きる。

「わあ！」

すぐそばで尻もちをついたクリストフェルの衝撃でベッドが僅かに揺れた。

髪が乱れるのも気にせず首を巡らせると、夜着姿のクリストフェルと既に着替えを済ませたアドルフが笑っていた。

「お、おはようございます……」

「ああ、おはよう」

「リーニャはお寝坊さんなんだね」

くふふ、と笑いを堪えられないクリストフェルは楽しそうにしている。

いつもは正しい見本のように振舞っている大人が寝汚いという事実は、それだけで面白いのだろう。

(寝坊したのは事実だから仕方がないけど……アディも起こしてくれればいいのに)

不満を視線に乗せて訴えるとアドルフは肩を竦める。

「一番早く起きたのはクリストフェルだよ」

暗に自分も寝顔を見られたのだというアドルフはいかにも平等だとすまし顔をするが、そもそも男性と女性では条件が違うでしょう！　とイリニヤがいきり立つ。

「こんな、見苦しい顔を晒すのが苦痛なんですよ……っ」

慌てて身支度を整えようとベッドから起きるイリニヤに、クリストフェルが声を掛ける。

「心配しなくても、リーニャは朝から可愛いよ！」

「……そんなところはアドルフ様に似て……」

人たらしだわと呟くとアドルフが吹き出し、釣られたようにクリストフェルが無邪気に笑った。

第五章　命も愛も大事

正式にヤルヴィレフト公爵家の後継者となったクリストフェルは以前にも増して勤勉になった。

より実践的な学習を身に着けるため、イリニヤ以外の教師から教えを乞うことも増えた。

身体を鍛えるための午後の訓練も実践的なものになり、クリストフェルの適度な『イリニヤ離れ』は徐々に進んだ。

しかし友人としてのイリニヤはまだまだ必要なようで、ふたりはますます仲良くなった。

イリニヤはと言うと、空いた時間を地理学の研究と、危険地図の作成に割くようになった。それにより自然とアドルフとともに行動することも増え、屋敷の中に留まらずアドルフのパートナーだと周知されていった。

しかし、イリニヤの心には少しずつ澱（おり）のようなものが溜まり始めていた。

「で、実際どうなの？」

「……うう」

久しぶりに幼馴染のエリーと会っていたイリニヤは頬を染めて俯く。

静かな雰囲気のカフェで近況を報告しあっていただけなのに、話題がどうしてもクリストフェルとアドルフのことに偏ってしまうのを指摘されたのだ。

「そういえばエリーはアディがヤルヴィレフト公爵だって、知らなかったのよね？」

あのとき、イリニヤのとんでもない提案に乗ろうとしたアドルフを止めたのはエリーだった。

「そうよ、まさか当の公爵だったなんて、イリニヤから聞いて驚いたのなんのって！　ただの常連客だとばかり思っていたから。まあ、育ちがよさそうだったから貴族だとは思ったけど」

森の宴亭ではお忍び客も多いため、詮索はしないことにしているらしい。

確かに公爵ともなればその辺の酒場で一杯ひっかけるということも難しいだろうから、アドルフも身分を隠したのだろうと思う。

詮索してこない森の宴亭のような店は重宝するのだろう。

小さい頃からずっと世話になりっぱなしのエリーにこんなことを相談するのは申し訳ないと思っているが、イリニヤは自分の考えがまとめられず悩んでいた。

「こんなことを言われても困るだろうけど……わたし、アディのことが好きで……」

もう自分がアドルフに惹(ひ)かれていることは疑いようがない。愛しているのだ。

アドルフからも好意を感じるし、身体を重ねたからわかる空気のようなものもある。だが、だからこそ悩みは深まる。自分はどうしたらいいのか。

「あぁ、うん。あのときから気になっていたでしょ？」

そう問われて頷く。

初めてアドルフと夜を共にしたあのときから、好きだった。仄（ほの）かな憧れから始まった気持ちはいつしか制御できないほどに大きく育ってしまった。

イリニヤは膝の上に乗せた手をぎゅっと握る。

「もう知ってるだろうけど、アディは貴族だからって……ましてや顔がいいからってそれをいいことに遊んでいる奴（やつ）じゃないよ？」

エリーが頬杖をついて口角を上げる。

恐らく『公爵家の後継者の女家庭教師』の噂を知っているのだろう。

夜会で結構な振る舞いをしたし、それでなくともエリーは情報通だ。

「イリニヤならアディとうまくやっていけるんじゃない？」

友人からの背中を押す言葉も、いつものように前を向けない。イリニヤはきつく唇を引き結ぶ。

「でもわたし、男爵家だよ？　全然釣り合わない」

猫の額のような領地で収入も少ない。自分で研究費や生活費を稼がなければならない、名ばかりの貴族で平民と同じようなものだ。

「へぇ？　アディは家格が釣り合わないって言ってるの？」

「言わないよ、そんな人じゃないのは知ってるでしょう？」

アドルフは惜しみない愛をくれる。申し訳なく思うほどだ。

「じゃあ、なんで」

なにをそんなに悩んでいるの？

エリーが口にしなくても、イリニヤにははっきりと聞こえた。

いつも頭に響いている言葉。

アドルフから愛していると言われ、クリストフェルからは母親になってほしいと言われている。

それに関してはとてもうれしいと思っていることは、間違いない。

「わたしなんかが……」

幸せになってもいいのか。そんな思いが消えない。

「男爵家の娘と公爵が結婚してはならないという法はないわ。平民と貴族が結婚することもあるんだもの。それ自体は問題ないでしょ」

確かにそうだ。

それを禁止する法はない。

しかし敢えて下位の者と婚姻することもないだろう、とイリニヤは思う。

それに、クリストフェルが好奇の目に曝（さら）されてしまうかもしれない。

自分のせいではない、醜聞ともいえる出生を抱える彼が、再び自分ではどうしようもないことで言われなき中傷や、好奇の目に晒されることになれば。

せっかく屈託なく笑うようになってきたというのに、純粋な彼の心がまた深く傷ついてしまったら。

イリニヤはそれが恐ろしかった。

彼を守るためならば自分がアドルフと結ばれるより単なる家庭教師として傍にいたほうが、きっといい。

もしもアドルフが別の女性を後添いとして娶ることになっても、自分はきっと大丈夫だ。

首を傾げたイリニヤを見て、エリーは大きくため息をついた。

「イリニヤ、あなたはいつだって周りを優先させるけど、イリニヤだって幸せになっていいのよ」

「え？」

思いもよらぬ親友の言葉にイリニヤは眉を顰める。

「あなたはずっと弟のダニエルのことが心に引っかかっているんでしょ？　わたしだけが生き残って、幸せになるなんてとんでもない、ってさ。でももっと我儘になりなよ。欲しがってよ。きっとそのほうがダニエルだって喜ぶよ」

エリーが唇を尖らせて言う。

イリニヤは戸惑いながらも、反論することができなくて沈黙してしまった。

彼女の性格形成には弟の存在が大きく関与している。

守れなかったことを悔やみ、贖罪の意識を抱えて、いつも自分を犠牲にしなければならないという思いが確かにイリニヤにある。

それが当たり前で、疑ったこともない。

だって、弟が大事だったのだ。

その庇護すべき弟を失ったイリニヤは、どう生きたらいいのかわからなくなってしまった。

両親から弟の死についての責任を追及されたことも大きかった。

結果イリニヤは弟の命を奪った土砂災害を足掛かりに地理学を学ぶことを決めた。

そこに贖罪があったことは間違いないし、それを間違いとは思っていない。

現にアドルフと共に進めている危険地図の作成に大きく寄与しているのだ。

多くの人の命と生活を守る事業となっているという自負もある。

「……わたしが、我儘に？」

自分でも結構好き勝手生きていると思っていたのに、これ以上なにをしろというのか。

イリニヤは困惑を深める。

「まあ、何年もしてきたことを急に変えろと言っても難しいだろうから、これはアディとよく相談してちょうだい。でも、ダニエルだってきっとイリニヤに幸せになってほしいと思ってるよ」

今日は会えて楽しかった、とハグをしてエリーと別れたイリニヤは考えながら通りを歩く。

（親の言うことを聞かず、自分のしたい研究のために働いているわたしに、もっと我儘になれと？）

それは許されないことのようにイリニヤには思えた。

大人として、家庭教師としてクリストフェルの幸せを第一に考えるのは当然だし、アドルフには素敵な女性と結ばれてほしい。

いくら考えてもそれは揺るぎないのだ。


翌日街の書店に行ってみたいというクリストフェルと出掛けることになったイリニヤは、エリーから言われた言葉をまだ考えていた。

（わたしが幸せになることが許される……？）

許される日が来るのかと唸りながらも、初めての書店が楽しくて仕方がない様子のクリストフェルに付き合い一緒に本を探した。

目当ての本が見つかり書店を出たところで、丁度小腹が空いたふたりの鼻腔に香ばしい香りが届く。

クリストフェルがクンクンと鼻を鳴らした。

辺りを見回すと、数軒先に焼き栗（やぐり）の屋台があるのを見つけた。

「いい匂い！　リーニャ、あれ！」

「あぁ、焼き栗ね。食べたい？」

イリニヤの質問は無意味だった。

クリストフェルのキラキラとした瞳には『食べたい！』と大きく書いてある。

恐らくクリストフェルは、気軽に買い食いなどをしたことがないのだろう。

イリニヤがにっこり笑って頷き「焼き栗を食べましょう！」と言うと、クリストフェルは顔を輝かせて駆けていこうとした。

「あっ、待ってフェル。走ったら危ないから……っ」

走って転んでは大変だ、と慌ててクリストフェルの腕を掴もうとしたイリニヤは自らのドレスに足が絡まって体勢を崩した。

その瞬間、ドレスがなにかに引っかかったような感覚があったが、確認することもできずそのままつんのめる。

「わ、わぁっ！」

不格好に転んでしまったイリニヤは膝を強打して悶える。

子供の頃とは違い、咄嗟に受け身を取ることも忘れた身体はあちこち痛みを訴える。

「リーニャ、大丈夫？」

悲鳴を聞いて慌てて戻ってきたクリストフェルがしゃがんでイリニヤに手を差し出す。

「ご、ごめんね。ありがとう……、ん？」

照れ隠しに笑いながらその手をとり立ち上がろうとしたイリニヤは、スカートに違和感を覚えて後ろをかえりみる。

「……え？」

イリニヤは言葉を失った。

ドレスのスカートには、まるでイリニヤを地面に縫い付けるように弓矢が刺さっていたのだ。

警邏隊に事情を説明し予定よりも帰宅が遅くなったふたりから、事のあらましを聞いた公爵邸は俄かに騒がしくなった。

なによりアドルフがひどく興奮していた。

「いったい誰がそんなことを……！」

「アドルフ様、落ち着いてください。怪我もなかったのですから」

確かにイリニヤは膝と手のひらを擦りむいたが、これは自分の足がドレスに絡まったためのもので、弓矢のせいではないのだ。

実質的な被害はドレスに穴が開いただけで、それもたっぷりとした布地のプリーツ部分にあたるため、うまく繕えば近くで見てもわからないであろう穴だ。

「なにを悠長な！　戦場でも狩猟場でもないのに、王都の大通りに矢が飛んでくるなど……っ」

「まあ、それもそうですけれど。誰かが試し引きをしていたかもしれないじゃないですか」

イリニヤは極力軽く聞こえるように言う。

まったくあり得ない話でもないが、アドルフを納得させるだけの説得力はない。

口にしたイリニヤだってまさか本当にそうだとは思わなかったが、アドルフは今まで見たことがないような冷たい顔をしていて、空気が悪いのだ。

ピリピリと張りつめた空気にクリストフェルも怯えた顔をしていて、先ほどからイリニヤにぴったりとくっついて離れようとしない。

「リーニャ……」

「大丈夫よフェル。なにも心配いらないわ」

この件に関してはヤルヴィレフト公爵家から正式な依頼が出され、警邏隊が引き続き捜査をしているが有益な情報がないまま時間だけが過ぎた。

そんな中、再びおかしな事態が発生した。

イリニヤとクリストフェルが植物園に行くために外出しようとしていた公爵邸の前庭に、暴れ馬が飛び込んできたのだ。

馬車を引いていた馬らしく、固定ベルトがぶら下がったままであった。

口から泡を吹いた大きな馬が、めちゃくちゃに首を振り、嘶きながら向かってくるさまは恐怖でしかない。

驚きと恐怖で逃げるどころか悲鳴を上げることすらできず、イリニヤは咄嗟にクリストフェルを抱きしめて庇った。

「フェル……！」

死を覚悟したイリニヤだったが、ちょうど馬車の準備をしていた馬丁たちが走り出てきて、数人がかりで馬の手綱を引くことに成功した。

抵抗する暴れ馬を凝視しながら、イリニヤとクリストフェルは、がくがくと震え蹲る。

騒ぎを聞きつけ駆けつけたバウマンが慌てて二人を邸内へ避難させた。

「大丈夫ですか？」

「……っ、ええ、なんとか……」

しかしふたりともショックが大きく、へたり込んでしまいこの日の外出は中止となった。

知らせを受け仕事先から戻ってきたアドルフはふたりの安否を確認したあと、調査の陣頭指揮を執った。

絶対に許さないという断固とした意志がすみれ色の瞳に宿っていた。

夜になってアドルフが戻り、クリストフェルの部屋にやってきた。

ベッドの横にはイリニヤが座っている。

「クリストフェルは寝たのか？」

「ええ、ついさっき」

落ち着かせるために手を握っていたのだろう。

よく見るとクリストフェルの幼い目元に涙の痕があった。

眉を顰めたアドルフは指で涙を拭って額に口付ける。

「ついていてくれてありがとう……向こうで話をしよう」

イリニヤは頷いてそれを承諾した。

執務室のソファに腰掛けると、タイミングよくバウマンがお茶を運んできた。

カップが置かれるのを待って、アドルフがおもむろに話し始める。

「調べた結果、暴れ馬は人為的に公爵邸に放たれた可能性がある」

「……っ」

イリニヤは身を強張らせた。

膝の上に乗せられた拳が硬く握られるのを、アドルフは痛ましそうに眺めた。

「馬は異常に興奮していた。馬丁の話だとよくないもの……たとえば毒のようなものを食べたのではないかということだ」

調べると、近くで暴れ馬に似た特徴の馬を売ったという話が浮上したという。

しかし売り主は即金だったこともあり、詳しく身分を確認しなかったとのことだ。

急に馬が潰れて代馬が必要になることはよくあることなので、売り主も深く考えずに気前のいい客だと思って売ったらしい。

「では、その買い主が……」

「いや。その人物が故意に食べさせたのか、偶然馬の口に入ってしまったのかはわからない。名乗り出てこないのも公爵家とトラブルになりたくないからなのか、後ろ暗いところがあるからなのか」

可能性ならばそれこそ無限にある。

イリニヤはゆっくりと息を吐くとひとつ頷いた。

「驚きましたけど実害はないですし、わたしはフェルの心に傷が残らなければこれ以上は……」

これでこの件はおしまい、と思ったイリニヤだったが、アドルフは難しい顔で腕を組んで考え込んでいる。

「君があまりに気にしていないから、危機感を持ってほしくて言うのだが」

ゆっくりと瞼が持ち上がり、すみれ色の瞳がイリニヤを見る。

その視線に憂鬱(ゆううつ)そうな感情をみつけて、イリニヤは嫌な話なのだと身構える。

「君に射かけられた矢には、毒が仕込んであった」

「……っ」

想像していたよりもショッキングな内容に、イリニヤは一瞬目の前が暗くなった。

しかしなんとか気持ちを立て直し、唇を噛む。

「矢の件は大通りでのことだったため、必ずしもイリニヤを狙ったとは断定できなかった。だが時を置かず今度は屋敷に直接このような騒動が起きたとなれば警戒せずにはいられない」

わかるね？　と念を押す。

アドルフの言葉には人を頷かせる力があった。

イリニヤは頷くと手を強く握った。

「でもわたし、狙われる心当たりなんて……」

戸惑いに声が揺れる。

イリニヤは嘘をついた。

なにも知らない子供ではない、自分が恨みを買う心当たりならあった。

ただ、それを当人の前で言えないだけで。

「愚かにも公爵夫人の座を狙う勢力、か……もしくは狙いがクリストフェルということも」

アドルフが発した言葉に、イリニヤは信じられないと目を見開く。

「なぜ……なぜフェルが狙われるのです？」

公爵家の正式な後継者とはいえ、まだ子供のクリストフェルを敵視する者などいるのだろうか？

クリストフェルは優しくて賢くて……、イリニヤは必死に考えるが、思考がまとまらず首を横に振る。

「そんな、ひどいこと……」

「落ち着きなさい。まだ決まったわけではない。だが王城で……きな臭い話を聞いてね」

そこでイリニヤは先日の王城でのヘイケンの問題発言の詳細をアドルフから改めて聞く。

それはいくらいいように考えても気分が悪く、ヘイケンしか喜ばないことだと眉を顰める。

「そうだ。特に王妃がひどく気分を害したようだった。王妃に気を付けるようにと、知人から忠告を受けた」

子供を産んでいないイリニヤだったが、もし自分と夫との子供が他ならぬ夫の口から他人の前で賢くないと言われ、他の女性との間の子の方が跡取りとして相応しいと言われたら。

金を払うから以前あげた子供を返してくれと夫が言ったとしたら……到底許せる気がしない。

夫が王だろうが構わない。

椅子から引きずり倒して、顔の形が変わるまで頬を叩き続けるだろう。

「王妃様のやるせないお気持ちはわかる気がするけれど……それがどうしてフェルが狙われるなんてことに……」

「陛下が本当に王子の代わりにクリストフェルを立太子すると宣言したら、たとえ王妃でも反対できないからだ。阻止するには宣言前にクリストフェルを亡き者にしなくては反逆罪だからね」

アドルフは顔色を変えずに淡々と話す。

これが彼の公爵としての顔であり務めなのだろうと理解するが、イリニヤはどうしても違和感が拭い去れない。

クリストフェルの生き死にをまるで他人のことのように話すのは、聞いていていい気分ではない。

イリニヤの柳眉が顰められたのに気付き、アドルフが慌てたように付け足す。

「も、もちろん陛下にはきちんとお断りしたし、クリストフェルに危険がないように警備も強化する。だが、君も気を付けて欲しい」

「……ええ。フェルのことはわたしが命に代えても守るわ」

イリニヤは決意が固いことを示すように膝の上で手のひらを握り込む。

しかしアドルフは不機嫌そうに片眉を跳ね上げる。

「そうじゃない。君は君の命と身体を守るのが最優先だ。私はクリストフェルも君も無くしたくはない」

いいね、と念を押すアドルフに、イリニヤは戸惑いながら頷いた。

すぐに門番の人数も増え、見回りの回数も増えた。

ヤルヴィレフト公爵家に出入りする人数は制限され、イリニヤとクリストフェルは外出を控えて裏庭に完成した温室で多くの時間を過ごすようになった。

常に温かく、花が咲き乱れている温室は部屋よりは解放的だが、それでも屋敷に漂う閉塞感を完全に払拭できるものではない。

「植物園に行きたかったなあ……」

外を眺めながらクリストフェルが呟くと、イリニヤはその肩を抱き努めて陽気に話す。

「あら、予定がなくなったわけではないわよ？　そろそろ長雨の時期だから、それが終わってからにしましょう」

その頃には騒動は収まっているのではないかという希望からそう言うと、クリストフェルは微笑んだ。

そんな会話のあと、間もなく長雨の季節となった。

じめじめしとしと、ときにはバケツの底が抜けたように、マガレヴスト王国に雨が降った。

いつものことなので誰も気に留めていなかったが、徐々に何かがおかしいと感じるようになった。

雨が降りやすい季節と言ってもずっと降り続くわけではない。

途中晴れ間がのぞくこともあるし、降りそうで降らないという曇天が続くこともある。

しかしそろそろ雨が途切れるか、と期待する人々を裏切って雨は降り続けた。

「……危険かもしれない」

厚い雲に覆われた空を睨みながらイリニヤは呟くと、すぐにアドルフに相談を持ち掛けた。

「崖崩れ？」

「ええ、こんなに雨が続いては危険です」

大量の雨を含んだ地盤が緩んで弱いところから崩れるかもしれない。

その可能性を説明すると、アドルフはすぐに製作中の危険地図を持ってきて机に広げた。

「危険度が高いところから見回りをさせよう」

「ええ。土の匂いが濃くなったとか、地中の根が切れる音が聞こえるなどの崖崩れの前兆が見えたら、すぐに安全な場所へ非難を進言して出していただければ。陛下から緊急の勅命を頂ければ一番いいと思うのですが」

「わかった」

アドルフはすぐに王城へ向かった。

イリニヤはバウマンやアニタにもしもの時に必要な準備を頼んで、自らは裏山の状態を確認するために外へ飛び出した。

稀有な地層が露出しているということは、崖になっているということだ。

しかしここについては地盤が固いこと、温室の工事の際に補強を施したことから問題がないようだった。

　ここでは崖崩れの予兆である異音がしたり、濃い土の匂いがしたりすることもなく、イリニヤは安堵する。

　しかしいつ状況が悪くなるかわからない。

　脳裏には幼い頃の悲劇が繰り返しよみがえる。

　あのときもこうやって雨が降り続いた。

　大事な大事な弟だったのに、守れなかった。

　跡継ぎの彼ではなく、自分だけが生き残ってしまったことに罪悪感を覚えた。

　父の憤怒、母の慟哭。

　やるせない気持ちをなににぶつけたらいいかわからなかったイリニヤは、父と母を避けるようにして蹲っていた記憶しか残っていない。

（でも、今のわたしにはできることがある）

　イリニヤは使用人たちに声を掛け、温室のガラスを外側から木の板で補強したいと頼む。

　自分たちも忙しいだろうに、数名が呼応し大雨の中作業をしてくれる。

　備えはいくらあってもいい。

　無駄になってもいいのだ。

　臆病者との誹りは甘んじて受けよう、ようはみんなが無事でいられればいいのだ。

　だが、そんなイリニヤの願いも虚しく、見回りに出ていた者から川が氾濫しそうだと報告が入った。

川がちょうどカーブしている川岸が、水かさが増すことで徐々に削れてきているという。

イリニヤは危険地図を指差した。

「ここからここまでに住む人を教会に非難させてください。あそこなら地盤が丈夫だし、万が一土砂崩れがあっても横を流れるので残るはず。渋る人には公爵様の命令だと言って無理にでも非難させて！　老人や子供、怪我人の誘導もお願いします！」

ただ川から離れればいいというものではない。

川が増水しているということは、山にはもっと大量の雨水が流れ込んでいるということだ。

山で水を受け止めきれなくなっている……つまり、氾濫と同時に土砂災害の危険もある。

いくら高いところに逃げると言っても、土砂災害の危険がある地盤が弱いところには避難できない。

イリニヤは地区ごとに最適と思われる避難場所を指示していく。

しばらくすると夜会で知り合ったイザーク・アッセル公爵がやってきた。

彼も大雨に不安を感じ、イリニヤが言っていた危険地図のことを確認しに来たのだ。

「ああ、アッセル公爵！　力をお貸しください！」

「アドルフは？」

「陛下に進言するために王城へ。それよりも川が氾濫しそうなのです。避難を開始しないと手遅れになるかもしれません！　危険なのですが、どうか……！」

イザークはイリニヤが書き込んだ地図を横目で見るとすぐに状況を把握したようだ。

ヤルヴィレフト公爵の名だけ出しても従わない者がいるかもしれない。

強引にでも、とイリニヤは口にしたが、実際に公爵がその場にいて指示を出すのでは強制力が違う。

「承知した」

「どうかお気を付けて……！」

イザークは濡れた外套（がいとう）を拭う間もなく出て行った。

人を危険な場所へ送り出し、自分だけが安全な場所にいるのはイリニヤの性に合わないが、行ったところでできることはたかが知れている。

ならば先を読んで行動しなければいけない。

イリニヤは自らの頬を叩いて気合を入れた。


イザークは部下と共に馬を駆り、氾濫の危険がある箇所へ向かう途中でたくさんの人とすれ違った。

みんな僅かな荷物だけを持って高台を目指している。

不審に思ったイザークが尋ねると公爵様に言われたという。

「川の水が溢れるかもしれないから高いところに逃げろと。今までそんなことはないから大丈夫だっていうのに、聞いてくださらなくて」

貴族の勝手で雨の中移動を余儀なくされたことに対する不満を口にする者に、イザークは口の端を歪めて笑う。

「川岸が崩れてきているそうだ。私も避難するように言いに来たのだが、ヤルヴィレフト公爵がもうこちらにいるのだな」

公爵邸から王城へ、そして川まで移動し避難を勧めることは決して楽にできることではない。

それももうかなりの人数を避難させているようだ。

「ほんとにすごい奴だよ」

イザークは肩を竦めると馬を進め、合流するべくアドルフを探した。

アドルフを探すのは容易かった。

避難してくる人々に逆らって進めば、その先にアドルフが馬に乗って指示を出す姿をみつけることができた。

「急げ！　今まで大丈夫だからと言って今日も大丈夫だという保証はない！　すぐに家を出て教会へ向かえ！」

いつになく厳しい口調で声を張るアドルフは、すでに川で泳いだのかと思われるほどずぶ濡れだった。

その姿に驚いたイザークは声を掛ける。

「アドルフ！」

「イザークか？　なぜここへ」

「イリニヤ嬢から頼まれてな」

すべてを言わずともそれだけで詳細を飲み込んだアドルフは、頷くと馬を反転させる。

「ではここから先を頼む。部下が路地を回っている。あとの指示は任せた。わたしは向こうを回る。

君も早めに引き上げろ。ミイラ取りがミイラになっては目も当てられん」

「素直に私のことが心配だと言いたまえよ。ああ、うちのを連れていけ」

ヤルヴィレフト家の部下を引き上げさせている時間が惜しい。

アドルフは頷き、イザークの部下に短く指示を出すと馬を駆った。

一方イリニヤは荷馬車にたくさんの荷物を積んで教会へ向かっていた。

避難先を教会に、と指定したが急にたくさんの人が避難してきては教会だっててんやわんやに違いない。

食料と毛布、タオルなどまずは最低限必要なものと手伝いとして数人の使用人を連れている。

本当は公爵家の備蓄や備品、そして使用人を自らの判断で動かすことにためらいがあったが迷っている暇はないと決断した。

強固に反対するかと思われたバウマンはそれを二つ返事で許したばかりか、イリニヤに首を垂れた。

「お気をつけて。留守は私にお任せください」

「ん、んん？　あの、もともとお屋敷の留守はバウマンさんがアドルフから預かって……」

困惑するイリニヤに、バウマンはさらに念を押す。

「あなたが無事にお戻りにならなければ私の首が飛びます。私のためにもどうかご無事で」

「リーニャ、気を付けてね……！」

バウマンの含みを感じる言葉と、心配そうに眉を下げるクリストフェルの抱擁で送り出されたイリニヤは一層気を引き締めた。

思った通り教会は人で溢れパニックになっていた。

非常時には避難場所として案内することは教会に事前に通知してあったが、まさかこんなにすぐにこのような事態になるとは思っていなかったのだろう。

元々教会は人を受け入れる場であるが、こんなに大人数が一斉に来ることは考えていなかったらしい。

イリニヤはすぐに司祭に挨拶をし、目的を告げる。

「ああ、助かります！」

司祭は細い目をさらに細めて表情を明るくする。

しかしその顔には拭い去れない不安も残っている。

イリニヤは少し考えて、荷物を下ろしながら司祭に提案する。

「この人数ではたいへんですよね。馬車が空になったら、そこに人を乗せて公爵邸でも避難された方々を受け入れます」

そうして荷馬車に乗れるだけ人を乗せて、イリニヤは来た道を戻る。

雨はまだ降り続いていて、不安ばかりが募っていく。

厚い雲を見上げてイリニヤはアドルフの無事を願った。

公爵邸に戻り避難してきた人たちを落ち着かせると、イリニヤは厨房の手伝いをしたり外の様子を見に行ったりと忙しく立ち働いた。

アドルフの帰りが遅いことを心配しながら待っていると、とうとう川が氾濫したと知らせが入った。

まさに例の川岸が決壊したと聞いてゾッとする。

「ア、アドルフ様は……っ」

「それが、途中から私たちの指揮をアッセル公爵様に任せられ、別の地域を回られて……」

詳細を確認すると、アドルフはイザークの部下と行動しているらしい。

そんな話をしているとイザークの部下たちが屋敷に引き上げてきた。

皆一様に疲労した様子を隠し切れない。

「お疲れ様です、あの、アドルフ様は……っ」

声を掛けると驚いたように目を見開き、声を上げる。

「え？　てっきりもうこちらにいらしていると……」

それを聞いたイリニヤの身体から血が下がった音がした。

なおも説明をしているイザークの部下たちの声が遠くに聞こえる。

目の前が真っ暗になるなか、床が波打ったように立っていられなくなる。

ふらりと上体を揺らしたイリニヤを、背後から力強い腕が支えた。

「大丈夫か、イリニヤ」

「⁉」

聞き覚えのある穏やかな声に振り向くと、そこにはどうか無事でと待ち望んだ顔があった。

頭からつま先までずぶぬれで、いつもの彼からは想像もつかないようなひどい姿だったがイリニヤは構わず抱きついた。

だった。


「イリニヤ？」

「よく、ご無事で……、う……っ、うぅ……！」

それ以上は声にならず、イリニヤは濡れたアドルフの胸に縋って泣いた。

震える背をゆっくり撫でてくれる手がひどく優しくて、イリニヤはようやく安堵の息をついたのだった。


「雨が止まないことにははっきりしたことは言えないが、水が引くまで数日かかるだろう」

その間に体制を整えなければいけない。

アドルフはイザークと実務的なことを話し合っていた。

イリニヤはその間も避難してくる人々の受け入れに奔走していた。

初めての河川氾濫に驚いた周辺の人々が、噂を聞いて教会と公爵邸にどんどんやってきていた。

もちろん拒否することはないが、明らかに受け入れ人数が増えている。

このままでは早晩受け入れられなくなってしまうと感じたイリニヤは、他の貴族たちにも避難民の受け入れを頼めないかアドルフに打診する。

「うむ。とりあえず明日だな。今日はこのままここで可能な限り受け入れを行う」

ひと段落ついたイリニヤはクリストフェルの様子を見に行った。

自分も何かしたいと申し出てくれた気持ちはありがたかったが、混乱している場でいくら賢いとはいえ子供ができることは少ない。

そこでイリニヤは、小さい子供たちと学習室で本を読んだり遊んだりしていてほしいとクリストフェルに頼んだ。

その願いはクリストフェルにはただ遊んでいろと聞こえたようで、明らかな不満に顔が曇ったのをイリニヤが指摘する。

「あら、そんな顔をしないで？　子供たちが怖がることなく落ち着いてくれていることが、大人にとってどんなに安心することか考えてみて？」

「……、そうですね。大事なことです」

「でしょう？　それになにかあったらすぐに大人に報告してほしいの」

本当はもっとしっかりとクリストフェルと話したかったが、やることは山積みである。

申し訳なく思いながらも、クリストフェルが力強く頷くとハグする。

「頼もしいわ、フェル。ああ、でも自分一人でなんでもやろうとはしないで。同じくらいの年の子供たちと協力してね？」

頑張らせ過ぎないことも大事だ。

視線を合わせると、クリストフェルはイリニヤを安心させるように笑った。


一夜明け、避難してくる人数も落ち着いてきた。

屋敷の使用人も勝手が掴めてきたのか、混乱はない。

イリニヤは一息つきながら子供たちがどんな様子か学習室を確認に行く。

大人しくしている子供たちの様子に安堵したイリニヤだったが、クリストフェルの姿がない。

「あら？　フェルがどこに行ったか知らない？」

近くにいた子供に聞くと、大人が呼びに来て出て行ったと返ってきた。

(フェルが大人を呼びに行ったのではなく、大人が呼びに？)

違和感を覚えたイリニヤは勉強部屋を飛び出しクリストフェルを探した。

なぜか動悸がする。

いやな予感が膨れ上がって胸が気持ち悪くなってくる。

子供たちだけで集めていれば大丈夫だろうと安易に考えていた自分を張り倒したい気持ちになる。

アドルフからフェルが狙われているかもしれないと聞かされていたのに！

「フェル、どこなの？　返事をしてフェル！」

フェルの名を呼びながら屋敷を探すイリニヤは、遠くで自分を呼ぶ声がした気がして耳を澄ます。

立ち止って調息しながら音源を探ると、奥の部屋からまた声がした。

今度ははっきりとイリニヤを呼ぶフェルだとわかった。

「リーニャ！」

「……フェルっ！」

邪魔な裾を持ち上げて淑女にあるまじき速さで駆けるイリニヤは、使っていない客室のドアを勢いよく開ける。

「フェル！」

イリニヤが目にしたのは、カーテンを閉め切った薄暗い部屋で、クリストフェルの首を締めようと圧し掛かっている女の後ろ姿だった。

「やめて！」

イリニヤは頭が真っ白になった。

必死に伸ばした手が、夢中で駆ける足が、あのときと重なった。

目の前で手のひらから零れ落ちた命を、今度こそ助けるのだ！

なにも考えられなくなり、めちゃくちゃになにかを叫びながら女の背中を思いっきり突き飛ばした。

「あっ！」

思いがけず非力だったようで、女は簡単に吹き飛んだ。

その隙にイリニヤはクリストフェルに縋りつく。

「フェル……っ、フェル、大丈夫？」

「リーニャ……っ」

涙目になりながらも確かに光の宿る紅炎に安堵したイリニヤは、声を上げて泣いた。

クリストフェルを胸に抱いてわんわんと泣くと、小さな腕がしっかりと抱き返してきた。

「僕は大丈夫だよ、リーニャ。それより……」

まるでイリニヤをあやすように背中を叩いたクリストフェルに、イリニヤは鼻を鳴らしながら顔を上げる。

「王妃様、怪我してないかな？」

「……えっ？」

　クリストフェルの言葉に驚きの声を上げたイリニヤだったが、そこに倒れた人物は彼の言う通りマガレヴスト王国の王妃であった。

　慌てたイリニヤは、深呼吸してからもう一度倒れているその人物を覗き込む。

　絵姿で見た王妃によく似ていると思うと、眩暈を覚えた。

「嘘……王妃様を突き飛ばすとかわたし、死刑になるんじゃないかしら……っ」

　王妃を自分が見張っているのでアドルフを呼んでほしい、とクリストフェルに頼んだイリニヤは青褪めた。

　まもなくアドルフは意味がわからないと言った顔でやってきて、床で意識を失っている女性を見て驚きに目を見張る。

「王妃殿下だ、間違いない」

　それを聞いたイリニヤは終わった……と小さく呟いて放心する。

　アドルフは王妃をベッドに寝かせてから、イリニヤの肩を抱き、クリストフェルに事情を尋ねる。

「フェル、王妃様はいったいどうやって？」

「僕たちが学習室で遊んでいたら、王妃様が扉をあけて僕を手招きしたんです。王妃様のことはお城で会って知っていましたから、驚いたんですけど『手伝いに来たけど、みんなが驚くから内緒にしてくれ』と言われて」

　それでもクリストフェルはイリニヤにだけは知らせておこうとしたが、王妃に客室に連れ込まれ襲われた――ということらしい。

「王妃殿下といいえ、不法侵入した上にクリストフェルを手にかけようとするなど、到底許容できるものではない！　正式に王家に抗議する！」

「でも、王妃様ともあろうお方がどうして自ら……」

王妃ほどの人物であれば、人を使って屋敷に忍び込ませるのは簡単だろう。

誰にも気づかれないうちに子供一人を殺すことなど朝飯前に違いない。

もしそうだったらクリストフェルは今頃……。

今更ながら背筋がぞっとしてイリニヤは震える。

「……憎かったのよ。誰かに委ねるのではなく、この手で確実に殺してやりたかった……っ」

「王妃様、大丈夫ですか？」

「殿下、どういうことなのか納得のいく説明をしていただきたい！」

王妃の弱々しい声は、だが、はっきりと憎しみを宿して客間に響いた。

イリニヤは興奮しているアドルフと王妃の口論でも始まってしまうのではないかと身構えてクリストフェルの耳を塞ごうとしたが、本人がそれをやんわりと制した。

『自分は大丈夫』と言っているような態度に、頼もしさと同時に切なさを感じる。

子供のうちからこんなに聞き分けよくなくてもいいのに。

「お前が、お前がいるせいで……ビリエルが、わらわの子が……っ！　でも、できなかった……あの子と同じ紅炎の瞳が、あぁ、ビリエル……っ」

クリストフェルに向かって発せられた混乱した声に嗚咽が混じる。

イリニヤはアドルフから聞いた、後継者の挨拶に王城に行ったときにあったということを思い出す。

クリストフェルの優秀さに国王がクリストフェルを引き取って、立太子をするようなことを口にしたと。アドルフが断ったことでその話は流れたはずだが、と考えたが嗚咽を続ける王妃の気持ちはわかる気がした。

（いつか我が子が脅かされるかもしれないという考えが捨てられなかったのね）

その気持ちはわからないではない。

だが、だからといってクリストフェルに危害を加えようとするのは間違っている。

「殿下はどうして王子を信じて差し上げないのですか？　将来は賢王と呼ばれる立派な為政者となる片鱗が見えているではありませんか！」

怒りが収まらないアドルフだったが、親として思うところがあったのか諭すような口振りだ。

その分言葉は妃には鋭く刺さったのだろう。だが勢いよく上体を起こすと王妃は枕を投げつけた。

「信じてるわ！　ビリエルは立派な王になると信じている！　でも、ヘイケンは、あの男は気まぐれで誰より信用ならないのよ……っ」

血を吐くような告白に胸が痛む。きっと王妃がこれまでもたくさんのことを我慢してきたのだろう。

気の多い国王が若い女に手を出すのも耐えた。

自分こそが王妃であるという矜持があったから耐えられた。

ヘイケンの子を産むのは自分だという安堵があったから、王妃は王妃でいることができたのだ。

しかしアドルフの婚約者フランカはヘイケンを籠絡した。

それればかりか王城に居座り、更に寵愛を一身に受けた。

それでも自分だけが王との子を腹に宿したことでなんとか矜持を保っていた王妃だったが、ほどなく後を追うようにフランカの妊娠が発覚し、出産までするると王妃は平静ではいられなくなる。

自分以外とは子は成さないと信じていたのに、あっさりと裏切られたのだ。

王妃の絶望はどれだけ深かっただろう。察するに余りある。

「わらわは男子を産んだ……紅炎の瞳を持った、正統な後継ぎを！　でもすぐにあの女も、よりによって紅炎の瞳の男子を産み落とした……！」

イリニヤは胸が痛んだ。周囲としては確実に王の血を継ぐ子を得るため、フランカの出産を容認したのだろう。王族の対応として理解はする。しかし納得はできない。

もし自分が王妃の立場だったら、身体を壊すか精神を病んでしまうだろうと思った。

「許せない……っ、ヘイケンからの愛も、紅炎の子も得るなんてっ！　それなのに今度はビリエルの王位までも脅かすなどと！」

「だからといってクリストフェルに対してこのような振る舞いをなさるとは……っ、許せるものではありません！」

アドルフが厳しい声を上げた。王妃相手でも絶対に引く気はないという気迫が漲っている。

「黙れ！　そなたにわらわの気持ちがわかってたまるか！」

慟哭と言ってもいいだろう、王妃の叫びは生々しすぎてイリニヤはつらかった。

クリストフェルには聞かせたくなかった。

きっとつらいに違いないとクリストフェルを見ると、彼の紅炎の瞳は意外なほど凪いでいた。

「……王妃殿下。私は国王陛下の子ではありません」

「なんだと?」

王妃が涙に濡れた瞳をクリストフェルに向ける。

ギリリと音がするほど指を握り込んでいる王妃に向かって、クリストフェルは静かに言葉を紡ぐ。

「私はヤルヴィレフト公爵アドルフの子です。生まれたときから、今までずっと父から愛されて育ちました」

「……っ」

王妃が息を呑んだのがわかった。だが、イリニヤはアドルフも息を止めたことに気付いた。動揺しないように律していたが、内心はひどく揺れ動いているようだった。

「私は以前お話しした通り、父の後を継いで公爵となり、王子様の御代(みよ)の支えとなるよう尽力いたします。王子様はきっとお優しい方だと思うので、仲良くできると思います」

そこで言葉を区切ったクリストフェルは、もじもじと手を摺り合わせると頬を赤らめた。

「だって、こんなに王子様を愛している王妃様の御子(みこ)なのですから、優しいに決まっています……私の父も、リーニャも優しいので、もらった優しい気持ちを分けてあげたくなるのでわかります」

「……っ」

イリニヤは『なんて健気(けなげ)な!』と今すぐクリストフェルを抱きしめたくなった。

アドルフも同じ気持ちだったようで、感情の奔流に耐えようとぐっと唇を噛みしめている。

「そなた……」

王妃の視線が緩んだ。いろいろ複雑な感情はあるだろうが、彼女の中でなにかが変化したようだ。

まっすぐに王妃を見つめるクリストフェルの紅炎の瞳は澄んでいて、思わず頷いてしまう説得力があった。

王妃は首を垂れると唇を噛んでなにかを堪えるようなそぶりを見せたあと、サッと顔を上げた。その表情は憑き物が落ちたようにすっきりとしていた。

「私の目が曇っていたということか……急に来て迷惑だったか？　ヤルヴィレフト公爵」

理性的な声音に、アドルフは片眉をピクリと上げた。

その顔には拭い去れない不信感が残っていたが、清らかなクリストフェルの前でこれ以上言い争いをするのは得策ではないと思ったのだろう。

素早く公爵としての仮面をかぶり、慇懃に王妃に対して頭を下げる。

「……いいえ、王妃様が民を慰問してくださったとあれば、みな喜ぶでしょう」

「さようか。ならばわらわは非を認め、この件に関してはいったん持ち帰るとしよう」

王族は頭を下げることができない。

それゆえ謝罪は口にしないのだが、これは王妃ができる最大の譲歩なのだろう。

そして、アドルフはそれに応じたということだ。

「では民たちの様子を見て、王城に帰還する。物資に不足があればあとで届けさせよう」

王妃は深く深呼吸してからベッドを下りる。

しっかりと背筋を伸ばした凛とした様子は、王族としての矜持を確かに感じさせるものだった。

「ヤルヴィレフト公爵」

王妃がアドルフに声を掛けた。

礼儀としてエスコートするアドルフが視線を合わせると、王妃が口角を上げる。

「そなたの後継は素晴らしいな。稀に見るよい子に育ったものだ」

「……恐れ入ります」

それまで表情を固くしていたアドルフのすみれ色の瞳が、やっと和らいだ。


唐突に現れた王妃に民のみならず、バウマン以下屋敷の使用人たち、イザークも度肝を抜かれた。

全ての人が「なぜ?」と聞きたくてうずうずしているのを横目に、王妃は堂々と言い放つ。

「愛する民たちよ、案ずるな。そなたらの生活は元通りに、いやさらに良いものとなるだろう。王家は民のための支援を惜しまない」

王族からの正式な支援を確約する言葉に歓喜の声が上がる。

王や王妃を言祝ぐ声があちこちから起こり、万歳の波がどこからともなく湧き上げる。

イリニヤはその隙に門番を呼んで、近くにいるはずの王家の馬車を呼んでくるように頼む。

わけがわからない様子の門番だったが、思った通り王妃の馬車が待機していたようで、すぐに正門から馬車が入ってくる。

タイミングを見計らい、王妃がアドルフのエスコートで馬車に乗り込むと、民の声に応えて優雅に手を振り公爵邸から出て行く。

すると不思議なことに曇天が割れ、日差しが差し込んで王妃の馬車を照らした。

雨が上がり、虹まで現れると、人々から歓声が上がった。

王妃の乗った馬車を見送る民たちは、興奮冷めやらぬといった調子で王妃の言葉を褒め称えた。

「王妃様が見舞いに来てくれるなんて……！」

「ああ、生活を保障してくれるって言ってたよな！」

イリニヤはひとまず丸く収まったことに安堵の息を吐くと、壁に寄りかかった。

そこに寄り添うクリストフェルがイリニヤの手を握る。

イリニヤも顔を綻ばせて力強く握り返した。

降り続いた雨は止み、川が決壊した箇所にとりあえず急ごしらえの補強が成されると街は再生に向けて歩き出した。しばらくは土砂災害に警戒しながらの作業が続くが、王妃は約束を違えずに支援の手を差し伸べた。

復興に従事する者への給与も国庫から出されることになると、弾みがついたように活気が戻ったのだ。

クリストフェルは襲われそうになったショックが残ることもなく元気にしている。

念のために、と医師の診察を受けた際、子供が首を絞められると首の骨が折れることもあると聞いたイリニヤは気を失いかけた。本当に間に合ってよかった、王妃が思い留まってくれて本当に良かったと安堵の息をついた。

「まったく、いくら我が子がかわいいからといって、フェルに手を掛けようとするなど」

一度は気持ちを収めたアドルフは、思い出すたびに悪態をついていた。

大事に育てたクリストフェルがなんの落ち度もないのに人の悪意に晒され、命にまで危険が及んだことが許容できなかったのだろう。

イリニヤとてその気持ちがないではないが、このまま話させていては気持ちが昂ってエスカレートしてしまうかもしれないと感じ、咳払いをしてアドルフの注意を引くと小首を傾げて微笑む。

「でも、王妃様も大いに反省されていましたし。アドルフ様だって理性的にお話しされていたじゃないですか」

「あれは……、君が王妃様を突き飛ばして気絶させたという事実もあったし、私も混乱していたので、許したわけでは」

アドルフは顎を引いて眉を顰める。言いながらまるでクリストフェルを軽んじているように感じたのであろう、息子のほうに向きなおって若干身を乗り出すようにして弁解する。

「違うからな！　私はフェルのことを軽んじているわけではないからな！」

「はい、知っています」

クリストフェルは普段冷静なアドルフが必死な様子がおかしかったのか、口許を押さえて笑いを堪えている。

その表情には父親に蔑ろにされたと我慢している気配がなく、アドルフは安堵の息をつく。

「と、とにかく……このままなかったことにはしない。きちんとした形で責任は取ってもらうつもりだ」

公爵としての威厳たっぷりにアドルフはそう告げた。


それから間もなく、王妃から王城への招待状が届き三人で出向いた。

応接の間には王妃と王子が待っていた。

そのことにイリニヤは驚いた。

通常王族は場が整ったところでおもむろにやってくるものだ。

客を、ましてや招いたとはいえ家臣にあたる者を座して待つとは破格の出来事だ。

アドルフも驚いたようで言葉を失っている。

「本来ならばわらわが出向くべきところなのだが……」

率直な王妃が珍しく言葉を探して言い淀む。

その空気に謝罪したいのだと感じて、イリニヤは満面の笑みになる。

王妃が歩み寄ろうとしてくれたことが、純粋に嬉しかったのだ。

それを鋭く察知した王妃が顔を赤らめた。

「なっ、なんじゃその顔は……っ！　わらわは、わらわは……っ」

急に照れくさくなったのか、王妃は椅子から立ち上がり声を張る。

恐らく王妃として謝意を表明することは勇気が要っただろう。

王族は謝らぬものだと本国でも教育されてきたに違いない。

それを曲げてまでイリニヤとアドルフ、そしてクリストフェルを呼んだことは王妃自身深く反省しているということに他ならない。

「お母様、落ち着いてください」

隣に座っていたビリエル王子が、王妃の袖を軽く引いた。

親子とはいえその親密な態度には、絆を深く感じさせるものだった。

輝くような容姿をしているわけではないが、ビリエル王子は優しく親しみやすい空気を纏っている。

しかし彼の紅炎の瞳は王族としての強さを既に備えているように見えた。

彼はにこりと控えめな笑顔をアドルフたちに向け、次いで王妃にはもっと砕けた笑顔を見せた。

それにより本来の落ち着きを取り戻した王妃は、椅子に座りなおし姿勢を正した。

「う、うむ。……よく来たな。貴公らには世話になった。我が母国の珍しい菓子などを与えようと思ってな」

お茶や菓子で場が和んだところで、非公式ながら王妃からの謝罪があった。

「城下町で毒矢を射かけるように命令したのも、暴れ馬を公爵邸に送り込んだのもすべてわらわの命令だった。愚かなことをしたと、今は反省している」

王族としてギリギリまで踏み込んだ発言に、イリニヤは王妃が心から悔いているのだと感じた。

隣に座ったクリストフェルも同じように感じたようで、その謝罪を受け入れるようにゆっくりと瞬きをする。

しかしアドルフはそうではないようだった。

美貌を凍り付かせ目を細めて王妃に相対する彼からは、『許しません』という圧が当初と変わらずに出ていた。

「反省で足りることではございません。クリストフェルとイリニヤは命の危険があったのですよ？クリストフェルに至っては実際に……」

「父上、私は大丈夫ですから」

思い出して気が昂ってしまったのか、さらに表情を固くしたアドルフの手をクリストフェルが握る。

だが、となおも言い募るアドルフの言葉を遮って、クリストフェルが王妃に視線を合わせる。

「王妃様。今回のことで私は王妃様が王子様のことを心から愛し、お心を寄せる様子に触れ僭越ながらとても嬉しく思いました」

「な、なんと？」

クリストフェルの言葉に王妃が目を剥く。その隣ではビリエル王子もぽかんとしている。

彼も母親のしたことを知っている様子だった。

自分を殺そうとした者に対して向ける言葉ではないと思ったのだろう。

よく似た親子である。

「こんなにも王妃様から慈しまれている王子様ならば、きっと民の気持ちに添うことができる、よい王様になられるだろうと確信いたしました。私はこの国の行く末が輝いて見えるのが嬉しいのです」

非の打ち所のない笑顔を浮かべるクリストフェルはその場を完全に制圧していた。

アドルフすら言葉を継げずにいるとビリエル王子が気さくに話しかけてくる。

「ありがとう、クリストフェル殿。もしよければお気に入りの庭を案内したいのだけれど、どうかな」

「喜んで！　父上、行って来てもいいでしょう？」

無邪気な笑顔を向けられて、アドルフは小さく頷いた。

わあ、と子供二人が喜んで退室するのを、専任の侍従と警護の騎士たち数人が追いかけていった。

それを見送った大人たちはふう、と一斉にため息をついた。

「やられたな」

「ええ、ものすごい手腕です」

「子供の成長はかように著しいものなのだな」

謝罪をしたいができない王妃を慮り、クリストフェルを大事に思うあまりに後に引けないアドルフの怒りを削ぐ。

問題を嫉妬由来の殺意から親子の愛ゆえにすり替え、さらに将来を語ることでこの問題はここでもう終わり、と断じこれ以上の言葉を封じる。

そして気詰まりな場を抜け出す算段までやってのけた。

しかもクリストフェルが単独で行ったのではなく、初めて言葉を交わすビリエルと即座に呼応してやってのける即応性。

「我が子ながら末恐ろしい」

「うむ」

王妃がカップに口を付けると、アドルフもそれに倣う。

気が許せない相手がいる場では飲食をしないアドルフが、王妃のことを危害を加えない人物として認めたということだ。それに気付いた王妃が口角をあげる。

「うわあ、このお菓子、とっても美味しいです！」

場を読まずにイリニヤが口許を押さえて感動している。

君はもっと気を引き締めろと視線で牽制しながらも愛しさが隠せないアドルフだった。


今回の長雨による川の決壊でイリニヤとアドルフの作成した危険地図の有用性が広く知れ渡り、国を挙げて行うべき急務として位置づけられた。

イリニヤは、アドルフと共にマガレヴスト王国の学者や有識者を集めた危険地図作成の中心的人物となり、忙しく立ち働いた。

それが実を結び、五年後にはマガレヴスト王国全土を網羅した危険地図が完成した。

その頃には国策として確立されており、自分の領地が、とか地価が下がるとかいう輩はいなくなっていた。

危険地図の完成パーティーが開かれ、その責任者のひとりとして出席したイリニヤは子爵位を賜ることとなった。

マガレヴスト王国では女性に叙爵する前例がなく、貴族たちの間で物議を醸す事態となったためイリニヤは辞退しようとした。余計な軋轢はないに越したことはない。

しかし王妃が「わらわの好意は要らぬというのか」と凄んだため受け入れざるを得なかった。

王妃は国王へイケンに強く出るようになり、今では国王と双璧を成す『政治家』としての地位を確立していた。

イリニヤは王妃の『親友』として『危険地図の功労者』として、マガレヴスト王国で一番注目を浴びる女性になってしまったのだ。

叙爵のパーティーで、イリニヤは疎遠となっていた両親と会った。

長く会っていなかったが、ふたりともイリニヤの悲願だった地理学で人を救う夢を叶えたことを純粋に喜んでくれた。

弟のダニエルの死でぎこちなくなってしまった家族の関係だったが、時がわだかまりを少しずつ溶かしてくれていた。

「心無い言葉でお前の気持ちを傷つけてしまってすまなかった」

「あなたもつらかったのに……ごめんなさいね」

謝罪されると切なくて、イリニヤは緩く首を振った。

「いいえ、あのときはみんな大切なダニエルを失ったばかりで……仕方がなかったのよ」

強がりではなく心底そう思う。

ようやく和解できたと喜ぶイリニヤに、母親が声を潜める。

「ところでイリニヤ、あなた……本当のところどうなの？　公爵様が……」

顔を突き合わせるようにして話す母親に、父親が同じように顔を近づけてくる。

周囲に聞かれぬように口許を手で覆って話すほど警戒している。

「そうだぞ。私たちも聞かれて困っているんだ」

「な、なにが？」

両親の眼差し（まなざし）は怖いくらい真剣だった。

「なにって……、お前と公爵閣下の関係だよ……！　言いたくはないが、お前ももういい歳ではないか。将来はどうしようと思っているのだ？　公爵様は……」

イリニヤは父の言葉を、手をかざして遮る。

父と母の表情には不安と期待が入り混じっていた。

イリニヤは眉を顰めて小声で返す。

「関係という言い方はいかにも意味深ですが、公爵様には大事にしていただいています。でも、わたしの将来を公爵家に背負ってもらおうとは思っていません」

「……ん、んんん！　だがイリニヤ、公爵様は……っ」

父と母は全身で『そういうことじゃない！』と言っているが、それ以上はイリニヤにもまだわからないというのが本音だ。

アドルフと身体の関係はある。

だが秘め事を身内とはいえそうそう口にするのは、相手にも失礼なことだ。

故に、嘘をつかず事実だけを述べるとどうしても素っ気なくなってしまう。

「他の方からなにを聞かれるのかわからないけれど、無責任なことは言わないでほしいの。公爵様に迷惑が掛かってしまうでしょ」

それにクリストフェルのこともある。

彼からは母親になってほしいと言われたが、それは『母親のように慕ってくれている』ということである。

それを真に受けて実際に公爵家に入って母親面をしてしまったら、クリストフェルはどう思うだろう。

イリニヤは自身を抱きしめて身を震わせた。

「わたし、公爵様とフェルに嫌われたくないの」

「だがイリニヤ、公爵様は……」

「そうよ、イリニヤ。公爵様は」

なおも言い募ろうとする両親を強い視線で黙らせるとイリニヤはため息をつく。

「これはわたしがどうこう言う問題ではないの。わたし今十分幸せよ！　はい、これでおしまい！じゃあ、また！」

イリニヤは王妃様に呼ばれているからと方便を使い、かなり強引に話を終わらせる。

両親は不満そうな、言い足りなそうなおかしな顔をしていたが、努めて頭から追い出す。

（心配してくれているのはわかるけれど……そんな簡単な問題じゃないのよ）

イリニヤは一度人ごみに紛れてからテラスに出る。

風が冷たいせいか、テラスには誰もいなかった。

祝杯だと勧められれば断るわけにもいかない。

いつもよりも酒を過ごしていたイリニヤは、火照った身体が澄んでいくような心地を感じてため息をつく。

「はあ……、気持ちがいい」

この国で初の女子爵となってしまったイリニヤは、テラスの手摺り(てすり)に手をついて遠い目をした。

イリニヤだって、先のことを考えていないわけではない。

危険地図の作成と並行してクリストフェルの家庭教師として得た収入もあるし、今回叙爵されたことで褒賞金と、新しく拝領した領地からの収入も得ることになる。

もちろん領地を管理することも必要だが、アドルフはあっという間に優秀な領地管理人を選定して送り込んでしまった。

なんでも『領地の問題にかまけて、クリストフェルへの教育が疎か(おろそ)になっては困る』とのことだ。

イリニヤとしても領地経営について明るくないため助かったが、あまりに迅速でぐうの音も出ない判断に呆気(あっけ)に取られてしまった。

(確かに領地をほったらかしにはできないし、家庭教師をやめなければいけないかも、と悩んでいたけれど)

自分にはできないだろうと言われたような気がして、ほんの少しだけムッとした。

しかし意見しても結果は変わらないので言わなかったのだ。

（……言えばよかった。たとえ結果は変わらなくても、気持ちを伝えておけばこんなにもやもやしなかったはず）

自分でなんでもできるなんて思っているわけではない。

イリニヤはなぜこんなに気持ちが晴れないのか考えてみた。

「そうか、自分で選び取ったものではないからだわ」

自分で深く考える前に、最適解を提示されてしまったのが悔しかったのだ。

イリニヤは眉を下げて笑う。

（なんて、自我が強い……呆れちゃう）

ハレの日であるはずなのに一人で反省会をしていると、背後に人の気配を感じて表情を取り繕う。

一応本日のパーティーの主役の一人であるからには、曇った顔をするわけにはいかないと視線をあげると、肩に温かい手のひらの感触がして振り向く。

「ここにいたのか、イリニヤ」

「公爵様」

誰が聞いているとも限らないため、よそ行きの声と顔でアドルフに応じたイリニヤだったが、彼はそれが不満だったようだ。わかりやすく眉を顰めて遺憾の意を表明する。

「君にそう呼ばれることに、私は慣れていない。返事をしたくないな」

どこか子供っぽい言い様にイリニヤは思わず顔を綻ばせる。

アドルフはイリニヤが笑ったのを見て安心したように笑った。

「我慢してください。ここではそうとしか呼べませんから」

「……ああ、いや」

アドルフは同意せず、珍しく言い淀む。

そしてなにやらあちこちに視線を飛ばすと何度も咳払いをする。

落ち着かない様子を見て、イリニヤはアドルフを会場に誘導するように手を差し伸べる。

「風が出てきましたね。中に入りましょう」

風邪などひいては大変だ。

ホットワインでもいただいて身体を温めよう、と考えていたイリニヤの腕を、アドルフが引いた。

「待って」

「え？」

手袋越しに感じるアドルフの手が力を増す。緊張感に空気が張り詰めるのがわかった。

穏やかなすみれ色の瞳にまっすぐ見つめられて、イリニヤは縫い留められたように動けなくなってしまう。

「……イリニヤ。私はこれまで、あまり人から拒絶されることのない人生を送ってきた」

「はあ、そうでしょうね……」

自慢などではなく、それが事実なのだとイリニヤにはわかり、こくりと頷いた。

家柄が良く、見目もいい。

能力も高く性格も問題ない。

こんな人物がいたら拒絶する方がおかしいというものだ。

だがアドルフは苦しげに眉根を寄せる。

「そこに同意してくれるなら、そろそろ私の求婚を受けてくれないか。私は君が危険地図が完成するまで結婚は考えられないと言うから五年も我慢したのだぞ？　それに君は家格の違いを気にしていたが、叙爵され女子爵となったなら問題ないだろう」

腕を掴む手に力が込められる。

すみれ色の瞳が眇められ、その真剣さに胸が高鳴る。

「アドルフ……」

「五年だ。君にとっても決して短くはなかったはずだ。クリストフェルも大きくなったし、年齢的には家庭教師を卒業するころだ」

「……そう、ですよね」

イリニヤは声を落とす。

クリストフェルは来年、王立学院に入学することが決まっている。

「フェルの家庭教師のイリニヤ先生は、もう終わりだ」

アドルフの断定するような声音に身体が硬直した。

次いでイリニヤの涙腺が緩み、ジワリと涙が滲み始める。

（いつかそういう日が来ると思っていたけれど、なにも今日じゃなくても……！）

祝いのパーティーの日に爵位を得る代わりになにものにも代えがたい権利を失うなんて。

イリニヤはみっともなく涙が流れてしまわないように瞬きをして涙を散らすが、それにも限度がある。堪えきれずひと筋の涙が頬を流れ落ちたのを、アドルフは見逃さなかった。

「どうしたんだ、イリニヤ」

「……いえ、幸せな時間だった、と思って……」

思い出が走馬灯のように流れていく。

そんなイリニヤを、アドルフは両手で抱きしめる。

温かな体温と逞しい腕がイリニヤの涙腺をさらに刺激する。

「なにを泣くことがある。イリニヤ、これからは私の妻として、そしてクリストフェルの母として傍にいてくれるね？」

「……っ」

思わず息を呑んだイリニヤの唇に、アドルフのそれが押し付けられる。

いつもの口付けが、今日はなんだか違う気がした。

「私は誰に遠慮することなく君の側にいる権利が欲しい。イリニヤ・レフテラ、お願いだ。私の妻になってくれないか。これ以上もう一日たりとて待てそうにない」

抱き締める腕の力が強い。アドルフの真剣な表情に、イリニヤは本気を感じた。

「答えてくれ、イリニヤ。返事は後でいいなんて私はもう言えないんだ」

すみれ色の瞳が切なげに細められる。

こんなにも情熱的に求められて、イリニヤは嬉しさで息が詰まりそうになる。

「もっ、もちろんあなたの側にいるわ。わたしもあなたを愛しているもの。わたしの伴侶になってくださいますか？」

「……っ、イ、イリニヤ……」

夜明け前の濃紺の瞳とすみれ色の瞳がしっかりと交わり絡み合う。

その瞳に不安の色はない。

どちらも質問の答えを既に知っている色だった。

「……ああ。わたしは君の伴侶になる」

アドルフがしっかりとそう答えると、イリニヤは大きく手を広げた。

「ありがとう、アディ！」

「イリニヤ……っ」

ふたりは改めて抱き合い、深い口付けを交わした。

随分まだるっこしくなってしまったが、それでもイリニヤは満ち足りていた。

自ら選び取った未来がそれぞれ重なり合い、同じ未来を並んで歩めるのが嬉しくてならなかった。


叙爵パーティーから戻ったふたりはなんとか体裁を整えていたが、交わす視線が甘く、全身から今すぐに抱き合いたいという気持ちが駄々洩れていた。

雰囲気を察したのか、バウマンをはじめ出迎えた面々は失礼にならない程度に素早く解散する。

アニタなどはクリストフェルを廊下の隅の方に連れて行って、何事か耳打ちまでする始末。

「ア、アニタ！」

クリストフェルが驚いたように振り向いて顔を赤らめたことで、ふたりの間でどんな会話が成されたのか察知したイリニヤが声を上げたがアドルフは涼しい顔をしている。

「そういうことだ、フェル」

「なにがそういうことですか！　あ、ちょっとアドルフ様……っ」

アドルフは半ば強引にイリニヤの腰を抱くと無言で階段を上がっていく。

顔を真っ赤にしてついていくイリニヤの様子を、バウマンがため息交じりに見ていた。

彼にとってももう見慣れた風景なのだろう。

主寝室はいつもの通りシンプルかつ清潔に整えられている。

しかし、そこに押し倒されたイリニヤはいつもとは違う気配を感じ取った。

リネンからいつもとは違う香りがするのだ。

無意識のうちに鼻を鳴らしたイリニヤに気付いたアドルフも同じように匂いを嗅ぐ。

「……バレバレということか。誰にも言わなかったのに、気合を入れすぎてしまったかな」

「え？」

意味が分からなくて首を傾げたイリニヤから身を起こしたアドルフは、フロックコートを脱ぐと椅子の背凭れに放る。

クラバットを外し、ウェストコートのボタンをあっという間に外すとシャツをはだける。

目の前で徐々にアドルフの肉体があらわになっていくのを見て、イリニヤはごくりと喉を鳴らした。

「リネンウォーターがいつもと違う。今日に限ってバラの香りなんて、わざとだとしか思えない」

「……っ、それって」

公爵邸には洗濯専任のメイドがいる。

特に主寝室のリネンについてはしっかりと決められていて勝手なことはしないはず。

だから、これはきっと『心ばかりのお祝い』と言おうか、『あたたかなおせっかい』と言おうか。

「皆、こうなるとわかっていたということ？」

これまでの態度を省みて、誰にも知られないように完全に隠せていたとは言えない。

しかし羽目を外したことはなかったはずだ。

それなのに、よりによって今日このタイミングでこのようにされるとは。

「私は個人的に、今日君にちゃんと求婚しようと決めていたからいいけれど……しかし思ったよりもこそばゆいものだな」

「こそばゆいどころではありませんよ、恥ずかしくて消えてしまいたいくらい……明日いったいどんな顔をしたらいいかっ」

赤くなった顔を両手で隠し、身を捩(よじ)って恥ずかしがるイリニヤはのしかかってきた体温に気付いて顔を上げる。

そこには上半身裸のアドルフがいた。

彼はイリニヤの身体を跨ぐようにして膝をつき、顔の横に手をついていた。

まるで檻に閉じ込めるようなアドルフにハッとさせられる。

「堂々としていればいい。君は私のただ一人の女性だ。誰にも文句は言わせない」

アドルフの顔が近付いてきて額に口付けされる。

目を閉じてそれを受け止めると唇は瞼や頬、鼻先にもキスされる。

イリニヤは目の前の首に腕を回すとアドルフの頬に唇を寄せた。

「ありがとう。でも、恥ずかしいものは恥ずかしいのよ……。フェルにも知られるなんて」

愛しあうふたりが寝室でなにをするのか、イリニヤが教えたのでクリストフェルも知識としては知っている。

もちろん教えた当初はこんなことになるとは全く思っていなかった。

「フェルは賢いし、私のことも君のことも愛してくれている。心配しなくても大丈夫だ」

それは知っている。

しかし、と再び羞恥の波に呑まれそうだったイリニヤの頬を、アドルフがムニ、と摘まんだ。

「うにゅう！」

「イリニヤ、明日のことよりも今のことを考えて。君が今すべきことは、目の前の男の身体を温めることだ」

しっとりと唇を重ねてきたアドルフの口内が熱くて、イリニヤの身体は震えた。

ついばむようにされるとうっとりとして唇を開いてしまう。すぐに熱い舌が差し入れられ、イリニヤのそれに絡まる。

舌先で上顎を擽られると、ぞくぞくとした快感が背筋を駆けあがってきた。

力が入らないイリニヤのドレスを、アドルフが器用に脱がせていく。

アニタから手伝ってもらってきつく締めたコルセットも、緩めるのは簡単だった。

締め付けがなくなったイリニヤが大きく息を吐くとアドルフがクスリと笑みを零す。

「このドレス、君によく似合っていたけれど……なにも纏わない君が一番素敵だ」

「あぁ……、アドルフ……っ」

美しいアドルフからそんなことを言われると、当初イリニヤは申し訳ない気持ちを拭い去れずにいた。気を遣わせているように感じていたのだ。

しかし薄目を開けて盗み見るすみれ色の瞳は、情欲の炎を纏ったように熱っぽいまなざしでイリニヤを向ける。

絶世の美女でもなく、魅惑的な肢体を持っているわけでもないイリニヤはその視線を向けられると大胆になれるのだ。

この五年の間にイリニヤの身体はアドルフが与えてくれる快楽を素直に享受するようになった。

目が眩むような愛撫に瞼を固く閉じて耐えると、胸の頂をつままれて思わず声が出る。

「ぁ、あん！」

「ちゃんと見て。これから君を抱くのが、私だと記憶に刻んで」

他の誰にも許していないことを知っているのに、アドルフはこうしてイリニヤに己の証を刻もうとする。

そんなことをしなくても大丈夫なのにと思うが、よく考えたら自分もそういう欲求に覚えがあることに気付いて口角を上げる。

もっと欲しがってほしい、名前を呼んでほしい。

そばにいないときも自分の存在を傍らに感じていてほしい。

激しい独占欲をアドルフに知られたくなくて口に出すことはないが、同じ気持ちなのだと知れてイリニヤは安堵の息をもらす。

「はぁ……、アドルフ……っ」

胸を強めに触れられると、その下の心臓を掴まれたような気持ちになる。

命の全てをアドルフが握っているのだと思うとゾクゾクとした悦びが滲み出して、触れられていない下腹がジリ、と痺れた。

下着まで全て剥ぎ取られ、隠すものが無くなったイリニヤは太ももをぴったりとくっつけてその痺れをやり過ごそうとした。

触れられてもいないのにこんなに早く反応してしまったことを知られたくなかったのだ。

だが隠そうとすればするほど敏感なあわいは蜜を零す。

乳嘴を弾くように刺激されると、そこはあたかも触れてほしそうにぷくりと立ち上がる。

「ふぁ、……んん！」

先端を口に含まれて思わず声を上げると、アドルフがさらに激しく舐る。

吸いあげ舌で転がされた乳嘴はさらに敏感になり、アドルフの口から解放され空気に触れただけで気持ちよくなってしまう。

「あ、はぅう……っ」

「ふふ、相変わらず胸が敏感だね。でも、こっちはもっと……、だろう?」

胸下から脇腹を撫でおろしたアドルフの手が、鼠径部を辿りあわいに至ると、それだけでイリニヤの腰が跳ねた。

「ひゃ、ぁぁ……っ」

反射的に足に力を込めようとしたが素早く膝を入れられ閉じられなくなってしまう。

無防備に濡れた秘裂が数度撫でられ、指先がゆっくりと侵入してくる。

「もうこんなに蕩けて……、早く中に入りたい。思うさま擦り上げて……、奥の奥まで突いて気持ちよくよがらせたい」

欲望に掠れた声で囁かれると、腰が勝手に戦慄いてしまう。

「んっ、んん!」

すんなりとアドルフの長い指を受け入れたイリニヤは、背骨を這(は)い上がってくる快楽に耐える。

イリニヤの弱いところを本人以上に熟知しているアドルフは容赦なく指の腹で追い詰めた。

はしたないほどに濡れたあわいから淫らに零れる水音に耳を犯され、耐え切れずに甘い声を上げる。

「あっ、はぁ……っ!　アドルフ……っ」

切羽詰まった声に気をよくしたのか、片眉をあげ唇を歪ませたアドルフが中を摺り上げるのと同時に秘裂の上にある花芽を軽く押しつぶす。

「ひっ！　あぁ……っ！」

急に一番敏感なところを刺激されたイリニヤはひときわ高く声を上げると、全身を震わせて達した。入れたままのアドルフの指をきゅうきゅうと締め付ける。

「あ……、はぁぅ……っ」

目の眩むような快感で思考が蕩けているイリニヤが涙で霞む瞳でぼうっとしていると、指がゆっくりと引き抜かれた。

「んっ！」

「ああ、イリニヤ……」

感じ入ったようなアドルフの声がして、熱い昂ぶりが濡れそぼつあわいに擦り付けられる。

ビクビクと脈打つ雄茎は待ちきれないように透明な露をとろりと零す。

クチクチと露と蜜を混ぜるように何度か行き来した先端の熱さと硬さに、イリニヤの胸が期待に膨らむ。

「あ、あぁ……アドルフ……っ」

行き場のない両腕をアドルフの首に回すと抱き寄せて唇を塞ぐ。

自分から舌を差し入れてアドルフのそれに絡めると同時に雄芯が押し入ってきた。

胸を押し潰されるように密着した状態で挿入されると言葉通りひとつになったと感じて、じわじわと思考が綻んでいく。

「んふ、……ふぅ……っ」

イリニヤの感じるところをすべて暴くようにアドルフが抽送を繰り返す。

激しく腰を打ちつけられるたびに瞼の裏が真っ白に染められた。

すべてが明滅してイリニヤの世界にアドルフしかいなくなる。

イリニヤはアドルフの首に回して腕に力を籠め縋りついた。

この手を離したら真っ白でなにもない光の海に放り出されてしまうような気がした。

「はっ、イリニヤ……っ、愛している……っ」

「んっ、んん……っ、アディ、……離さないでっ！」

両足でアドルフの腰を挟んでしがみつくと、中がぎゅうう、と収縮した。

中を穿つ雄芯が大きく脈打ったと思った瞬間、くぐもった声が漏れアドルフが熱情を奥に放った。

それはアドルフとイリニヤの間にあるほんのわずかな隙間も埋めるようにイリニヤを満たした。

「ぁ……っ」

「イリニヤ……っ、私のイリニヤ……」

噛みつくように唇を奪われたイリニヤは愛しさで胸が苦しくなり、呼吸すら忘れて息を詰めた。

（ああ、わたし本当にこの人のこと大事だわ……、だいすき……）

ふわふわと雲の上を歩くような心地よさを感じながら、イリニヤは笑みを浮かべた。

翌日アドルフは正式にイリニヤに対して求婚をし、イリニヤはそれを受け入れた。

もう知っていると笑うイリニヤだったが、彼女から求婚の言葉を言われて『やはり自分の口から改めて言いたかった』とのこだわりを見せ苦笑させた。

ふたりの結婚を一番喜んだのは勿論クリストフェルだが、それに劣らぬくらいバウマンも喜んだ。

彼は公爵家に忠実であろうとする気持ちから、早くくっついてしまえと言えなかったのだと苦しい胸の内を述べた。

「旦那様を誘惑してはいけないとあれほど口を酸っぱくして言った手前、なかなか言えず」

「そ、そうだったんですか……？」

過去のあれやこれやを思い返しているとバウマンが咳払いをする。

「ごほん、ごほん！　ええ、その証拠に裏庭で逢引きをしているのを見かけても不問としていましたし」

これにはアドルフも驚いたようで目を丸くしている。

「お前、そんな盗み見るようなことを？」

咎(とが)めるようなアドルフの隣でイリニヤは裏庭でおかしなことをしてはいないはず……！　と慌てて記憶の糸を手繰っていた。

すぐに書類を作成しイリニヤが正式なヤルヴィレフト公爵の婚約者となったことを王城に申請し、許可が下りると、その話はすぐに王城中に広まった。

国王ヘイケンは揶揄(からか)うようなことを口にしたが、王妃が鋭く睨んで彼を黙らせた。

政治家としては並び立つ国王と王妃だったが、夫婦としてはヘイケンが王妃の尻に敷かれているらしい。これまでの事を考えると当然と言えるだろう。

王妃は完全にヘイケンの手綱を握っているようだった。

ヤルヴィレフト公爵夫人になるべく付け入る隙を狙っていた令嬢たちは嘆き悲しみ、その慟哭は三日三晩続いたという。

実家は男爵家だが、家ではなく本人がこの国初の女子爵であることから、懸念された嫉妬からおかしな振る舞いをするような者はいなかった。

それほどに危険地図による功績は大きかった。

立役者という面もあるが、自ら世間に己の価値を見せつけたことで一目置かれたというのが正しい見方だった。

それを機に女性でも国策に参加できるのだという風潮が強まっていった。

王妃が政治家として力を付けたことも相まって、マガレヴスト王国は女性が声を上げ、主導することが増えていったのだ。

いまはまだそれについて難癖をつける者もいるが、次世代には男女の勢力図も変わっていくだろう。

なんと言っても次世代はビリエルやクリストフェルが活躍する世となるのだから。


王宮への報告から半年後、イリニヤとアドルフは結婚式を挙げた。

ささやかに身内だけで行うつもりだったが、ヤルヴィレフト公爵家における久々の結婚式ということもありささやかでは済まなかった。

それに王妃が自分を招待するようにと打診してきたのも、規模が大きくなった要因だった。

王族が臨席する式がささやかでいいはずがなかった。

「なぜ……こんなことに……」

王城の王妃専用のドレスデザイナーによる豪華絢爛なドレスと、まるで王族のような裾の長いベールを纏ったイリニヤは青い顔をしながら呟く。

その夜明け前の空色の瞳は虚ろに中空を眺めていた。

「リーニャ、そんな顔をしないで。世界で一番美しいよ！」

クリストフェルがキラキラした顔をして気持ちを盛り上げようと声を弾ませるが、イリニヤの顔は相変わらず冴えない。

「ありがとうフェル……でも、こんな大事に……ひぃぃ……」

おかしな声が漏れるイリニヤはいつものような前向きな精神が感じられない。

クリストフェルは拗ねたように口を尖らせる。

「あーあ。僕がどれほど可愛いよ、素敵だよって言ってもリーニャには届かないのかな～」

「そ、そんなことはないわ！　あなたの気持ちはとても嬉しいのよ！」

焦って顔を上げたイリニヤは必死になって弁解するが、クリストフェルは拗ねた顔のままだ。

「そうかな～、これがもし父上なら違ったんじゃないかな～」

そう言って片目を瞑（つぶ）るクリストフェルの顔には揶揄いの表情が浮かんでいて、イリニヤはようやくクリストフェルの意図に気付く。

「……そうね、式の規模よりも気にしなければいけないことがあるわ。……フェル」

気持ちが定まったのか、イリニヤは深呼吸してクリストフェルを見た。

その瞳は落ち着きを取り戻したように凪いでいた。

「なあに、リーニャ」

クリストフェルは嬉しそうに紅炎の瞳を細めるとにこりと微笑む。

イリニヤは手を伸ばしてクリストフェルの手を取ると強く握った。

「頼りないかもしれないけれど、これからはあなたの母親として頑張るから……よろしくね」

「……っ」

家庭教師が継母となるのは、普通に考えても複雑な心境のはずだ。

それに、クリストフェルはそれ以上に複雑な事情を抱えている。

彼に負担を掛けてしまうことをイリニヤは申し訳なく思っているが、それでもアドルフを愛するのを止めることができない。

本当は心を乱してしまったことについて謝罪したかったが、心優しいクリストフェルには逆に重荷になってしまうだろうと判断した。

「……リーニャ、いや母上。あなたが母上になってくれて本当にうれしいです。これからもよろしくね」

一瞬だけ泣きそうに顔を歪めたクリストフェルはすぐに笑顔になりイリニヤを抱きしめた。

彼の優しさに感情と共に涙が溢れだす。

「フェル……！　もちろんよ、これからもよろしくね……っ」

　ぽろぽろと涙を流すイリニヤをみて周囲ももらい泣きして目を擦っているが、アニタだけはいち早く我に返って声を上げた。

「奥様、ストップ！　泣いてはいけません！　ああ、擦らないで――‼」

　今まさに式場に移動するというタイミングだったため、花嫁の控室は騒然となった。


　花嫁の支度に時間がかかったが、イリニヤとアドルフの結婚式は滞りなく行われた。

　たくさんの招待客の中には、『叙爵されたといっても所詮は男爵令嬢』とイリニヤを侮り、その厚顔を拝む目的の、陰湿で諦めの悪い者も存在した。

　しかし王室御用達のデザイナーによる華麗なドレスに身を包み、普段はしない化粧を施したイリニヤの楚々とした美しさに言葉をなくす者が続出した。

　その他にもイリニヤを見つめるアドルフの視線の熱さに目を見張る者、そして気難しい王妃がイリニヤを親友と言って憚らない様子を知り顔を青くする者。

　いろんな意味でざわついた式となり、結果不心得者を駆逐することとなった。

　式のあとイリニヤは、初夜のために浴槽に浸かっていた。

　いまさらだから特別なことはなにもしなくてもいいと言ったのだが、公爵夫人になるのだからそうはいかない！　とアニタをはじめ使用人一同からものすごい剣幕で説得された。

バラの花びらが浮かぶ湯に浸かり、バラの香りのするオイルでアニタが身体をマッサージしてくれた。

髪が丁寧に洗われ、これもバラの香油を馴染ませて乾かされた。

「……公爵夫人って、こんなに至れり尽くせりなものなの？」

手のマッサージを受けながらイリニヤは声を上げた。

これではまるで王族ではないか、と青褪める彼女に、アニタは呆れたように目を眇める。

「もちろんですわ。マガレヴスト王国の四公の中でも特に尊いと言われているヤルヴィレフト公爵家の当主夫人なのですよ？」

両手をワキワキさせながら言うアニタに、他の使用人たちもうんうんと頷いている。

確かにイリニヤがこれまで出入りしてきた貴族たちとは一線を画すほどにヤルヴィレフト公爵家は『格が違う』。

「私たちはこれまで王族に勝るとも劣らぬ技術と気概をもって公爵家にお仕えしてきました。未来の奥様のために持てる技術をこれでもかと磨きに磨いてきた成果が……今日の奥様でしてよ！」

アニタは透け感のある夜着をイリニヤに着せて髪を整えると大きな姿見の前にイリニヤを連れてきて言う。

「ほらごらんください！　普通の令嬢も私たちに掛かればこんな絶世の美女に！」

「……ありがとう……？」

興奮のあまりあまりにあけすけになってしまったアニタの言葉に、特に自分の容姿に不満があるわけではないイリニヤも、微妙な気持ちになって半笑いになる。

結婚式のときも感じたが、美しく着飾るだけで態度を変える人間がいることは事実だ。

人は美しいものに心を奪われる。

自分の容姿が人の心を奪う力があるとは思わないが、『公爵夫人』であるならば、そういう要素もあるに越したことはないのだろう。

（あ、アドルフは正真正銘美貌の持ち主だけど！　そうか、彼に並び立つならばそれなりの化け具合でなければ周囲も納得しないだろう）

イリニヤは落としどころをみつけて笑みを浮かべる。

「化粧映えする顔面でよかったわ」

「私はイリニヤの素顔も美しいと思うがね。まあ、化粧を施し武装した姿が牽制になることは大歓迎だ。これ以上イリニヤと私の時間を邪魔されたくないからね」

いつの間に入ってきたのか、ガウン姿のアドルフが扉に凭れるようにして立っていた。

アニタをはじめ使用人たちは慌てて仕上げをして、イリニヤをまるでアドルフへの捧げもののように差し出した。

「……お待たせしたかしら？」

「ああ、待ちくたびれたよ」

音もなく使用人たちが退出するのを待って、アドルフはイリニヤを引き寄せて口付けをする。

待ちくたびれたというのは本当らしく、情熱的に舌を絡めながら腰を優しくさすってくるアドルフに、イリニヤは目を白黒させた。

「ちょ、ちょっと待って……う、んん……っ」

舌をすり合わせ吸い上げ、甘く食んでくるアドルフからは既に人を惑わす色気が滲み出ていた。

プラチナブロンドの髪はまだしっかり乾いていないようで、いつもよりわずかに重い印象だが、顔に掛かる前髪が憂いを帯びているようで美しい。

すみれ色の瞳は奥に情欲の炎を宿して、初めて見る宝石のような複雑な光を放っていた。

「待てない。誓いのキスからもうずっと我慢していたのに」

「そっ、そんな前から⁉」

結婚式からそのあとの披露宴、そして初夜の身支度が整うまで我慢していたのかと驚くイリニヤの腰にアドルフが自身を擦り付ける。

「！」

肌触りのいいガウンの下でアドルフが熱く硬く昂っている。

その気配を濃く感じたイリニヤは一瞬で全身が熱くなり、思わず俯く。

「もっと……早くお風呂を済ませたらよかったですね」

「ああ。本当なら二人でいちゃいちゃしながら入りたかった。今度是非一緒に入ろうじゃないか。髪を洗ってあげるよ」

まさかアドルフがそんなことを考えて、そして口にするなんて思わなかったイリニヤは目を限界まで見開く。

その顔がおかしかったのか、アドルフはクックッと笑いながらイリニヤを抱き上げるとベッドまで運ぶ。

「イリニヤは私のことを聖人君子のように思っている節があるよね」

ゆったりとした足取りでベッドに辿り着くと、イリニヤをそっとシーツの上に下ろす。

そのままイリニヤを無言で見つめるアドルフに不安になって見上げると、彼は、声をあげて笑う。

「ふふっ、夜着から透ける君の肌が艶めかしくて、目が離せない。どうしよう、私はとても浮かれているみたいだ」

「……っ！」

慌てて身体を手で隠すが、もちろんすべてを隠すことはできない。

互いの一糸まとわぬ姿などもう何度も見ていることから気にする方がおかしいと、極力気にしないようにしていたイリニヤだったが、口にされると意識せずにはいられない。

「……っ、どうしたの、今日は」

照れ隠しもあり唇を尖らせて睨むと、アドルフは『なにが？』というように小首を傾げる。

その様子がまた様になっていて憎らしい。

イリニヤは誤魔化すように一息に吐き出す。

「一緒にお風呂に入りたかったとかいちゃいちゃしたかったとか、艶めかしいとか、……そういうこと！　いつもはそんなに言わないでしょう？」

言いながらイリニヤは後悔していた。

これではまるでなにも知らない生娘のようではないか。

出会ったときは結婚適齢期だったイリニヤも、一大事業を終えてみるともう嫁き遅れの年である。

相応にアドルフも年を重ねているとはいえ、アドルフとイリニヤでは事情が違う。

それはイリニヤ自身が一番よく知っているというのに。

それなのにアドルフはまるで純潔の花嫁のようにイリニヤを扱う。

心身の緊張をほぐすように気遣い声を掛けてくれる。

ありがたいことではあるのだが、アドルフに不要な気遣いを強いているようで申し訳なく、そしてなにより恥ずかしいのだ。

「もっといつものように、してくれていいのに……」

「いつものように、か。それが難しいんだ」

形の良い眉を顰めて、アドルフが言う。

そして身体を隠しているイリニヤの手を掴むと自身の胸元へ当てる。

「……柄にもなく緊張しているんだ。ようやく妻となってくれたイリニヤを抱けると思うと」

それを裏付けるように触れた胸から感じる心音がトクトクと跳ねているのがわかる。

「アドルフ……」

「私たち出逢いは普通ではなかったし、その後は情熱のままになし崩しに君を抱いたから」

アドルフの言葉はイリニヤにとってなによりも喜ばしいものだったが、彼にとってはそうではなかったらしい。

そこはかとなく硬い表情をしていることから、アドルフがある種の反省をしているのだと察したイリニヤはいつもとのギャップに驚く。

（いつも余裕たっぷりで、そんなこと欠片も考えていないように見えたけれど）

彼は彼でイリニヤのことを真剣に考えていたのだ。

イリニヤはそれを嬉しく感じながら、心の中で首を傾げる。

（そもそもアドルフが気にしているあの件は、わたしが暴走したんだし）

イリニヤは己の若さゆえの過ちをしっかりと把握している。

今ならばあのような行いをするべきではなかったとわかる。

アドルフはどちらかといえば被害者である。

アドルフが親身になって止めたにもかかわらず、行為を強行したのも自分だ。

だが、相手がアドルフだったことだけが、イリニヤにとって幸運だった。

しかしアドルフはなおも反省を続ける。

「初夜くらいは君に素敵な思い出として残ってほしくて。でも駄目だな。いろいろ考えても君の存在以上に素晴らしいものが思い浮かばなくて、ただ緊張ばかりが募るなんて、情けない」

自嘲するように唇を歪めたアドルフの顎を掬って、イリニヤが唇に触れるだけのキスをする。

ようやく絡んだ視線に満足して、イリニヤは口角を上げる。

「アドルフに伝わっていなくて残念だけど、私の初体験は誰より素敵な思い出なのよ？　勝手に改ざんして反省しないでほしいわ」

「しかし」

なおも言い募ろうとするアドルフの唇を、今度は自らのそれでしっかりと塞ぐ。

舌を差し込み隅々まで味わってからアドルフを解放する。

「あのときも、再会してから身体を重ねたときもそれから……今までずっと。アディといたことを後悔なんてしたことないのに、アディは違うの？」

「そんなことはない、イリニヤと逢ってから私は……毎日が楽しくてたまらない」

ベッドに並んで腰を下ろして微笑みあうと、どちらからともなく唇を重ねた。

ついばむように、そして徐々に深く貪るような口付けに変わると薄い夜着とガウンは役目を早々に終え、ベッドの下に無造作に放られた。

互いの体温と肌触りを存分に楽しみくすぐったいと言い合いながら、徐々に息を乱し熱が増していく。

背を預けたシーツから覚えのあるバラの香りがして、イリニヤは恥ずかしくなる。

今夜は間違いなく誰がなんといっても『正式な初夜』である。

バラの香りがするリネンウォーターを使用しても問題ないのだが、もしや『致すときにはコレ』という誤った認識をされているのだとしたら居た堪れない。

「どうした？」

「……今日も、バラの香りが」

全てを言わずともイリニヤがなにを言いたいのか理解したのか、アドルフが「あぁ……」と短く同意する。

　一緒に恥ずかしがってくれるものだと思っていたイリニヤだったが、それはすっかりと裏切られた。

　アドルフがシーツの上に仰向けになっているイリニヤをひっくり返したのだ。

「えっ？　なに？」

「こうするともっとバラの香りが楽しめるだろう？」

　楽しげに言うと後ろからのしかかりながら、腕を前に回してイリニヤの胸を揉みしだく。

「は、ぁん！」

　いつもされている事なのに、体勢が変わっただけで感じ方が違う。

　どこか背徳的な雰囲気にイリニヤの心臓は早鐘を打つ。

（そういえば顔が見えない体勢でするのは……初めてだわ）

　後ろから抱え込まれるようにして愛撫され、首筋や耳の後ろに熱い吐息を感じると、いつもよりも官能が煽り立てられるようだった。

「あぁ……っ、アディ……っ」

「イリニヤ……っ、私のイリニヤ……」

　アドルフの息も上がっている。

　耳殻を甘く食まれ首筋に痕が残るほど吸い付かれると、まだ触れられていないにもかかわらずイリニヤの秘された泉が甘く淫らな蜜を垂らし始める。

　ジリジリとした痺れを感じるほどにアドルフを求めるように蜜が太ももを濡らすと、後ろから昂ぶ

りが太ももを割る。

「ひぁ……っ、アディ、や、まって……っ」

柔肉に押し込むように固い先端がイリニヤの秘裂を掠めて、太ももの間から顔を覗かせる。

とろりとした液で濡れたそれを見ながら、いったい誰のもので濡れたのかと考えてイリニヤは顔が燃えるように恥ずかしくなった。

「待たない。ああ、これはとても気持ちいいな……。ちょっと我慢して？」

そう言うとアドルフはイリニヤの腰を持ちあげると、太もものあわいに己の熱杭を抽送する。

ぬちぬち、ぐちぐちと淫らな水音と、イリニヤの尻とアドルフの腰が触れ合う音が絶え間なく耳孔を犯す。

「あっ、や……、待ってそれ……っ、すごく……」

秘裂に雄芯を迎え入れたわけでもないのに、蜜洞が快感を訴えてきゅうきゅうと痛いくらいに収縮する。蜜がとろとろと漏れてアドルフの竿を濡らすといやらしい音が増す。

「あっ、ん、んん……ぁ、ひっ！」

先端が蕩ける肉襞を抉るように突き上げ、その先にある秘玉を突いた。

瞬間イリニヤの背中を快感が駆け上った。

ビクビクと身体を震わせながら達したイリニヤは荒い呼吸を繰り返す。

頭を働かせようとしても、端から快感で蕩けてしまいフワフワと纏まらない。

少し休みたくて背後のアドルフに声を掛けようとしたが、彼は動きを止めるどころか腰を引き、さらに深く秘裂を攻める。

先端を蜜洞に引っかけ襞を抉り、いまだ快感に打ち震えるイリニヤの花蕾を押し潰す。

「やぁ……っ！　あ、あぁん！」

耐え難いほどの刺激にイリニヤは顎を仰け反らせて喘ぐ。

もう腕で身体を支えることができずに、頬をシーツに押し付けるようにして甘い声で鳴くことしかできない。

「アドルフ……っ、あ……んぁ……っ」

「ああ、イリニヤ……っ」

熱く硬い昂ぶりで一番弱いところをぐりぐりといじられて、腰がカクカクと動いてしまう。

自分の意志ではどうにもならず、イリニヤは思わず弱音を吐く。

「いや、アディ……、お願いだからいじめないで……っ」

快感に涙が滲んだ顔でぐしゃぐしゃになりながら訴えると、アドルフの動きが止まった。

「ああ、イリニヤすまない。いじめているつもりはなかったんだ。君も気持ちいいものだとばかり……っ」

慌てて腰を引くアドルフだったが、すぐに驚きに息を呑んだ。

彼の引いた腰をイリニヤが追ってきたのだ。

「イ、イリニヤ？」

怒張の裏筋にあわいを押し付けたイリニヤは真っ赤な顔をしてアドルフを睨みつける。

「そうじゃないの……、意地悪しないで早く挿れて……っ」

「……っ！」

思いがけない行動と言葉に昂ったアドルフは、イリニヤの腰を掴み痛いくらいに漲った怒張を熱い蜜壺に突き入れた。

「はぁ……っ！　おおき、い……っ」

「く……っ、もう止められないからな……っ」

いつもの紳士的なアドルフも面影がないほどに、イリニヤは激しく責められた。

正常位では届かないところまで暴かれ激しく突かれるたびに、イリニヤは淫らな声で鳴いて激しく求めた。

ひときわ強く腰を突き入れられ奥を執拗に突かれると消え入るような声が漏れた。

捏ねるようにされると中が催促するように雄芯を締め付ける。

「あ、……ああ……っ」

「くっ！」

激しい収縮にアドルフが腹筋を震わせて果てる。

中を白濁した迸りで満たすように何度も脈打つ熱杭を、イリニヤもまた最後の一滴まで絞り尽くすように締め付ける。

アドルフが詰めていた息を吐くのと同時にずるりと一物を抜くと、それに呼応するようにイリニヤがシーツの上に崩れ落ちた。

無理な体勢で交わったせいで関節のあちこちがギシギシと音を立てている気がするが、それよりも深く満たされたイリニヤは微笑みを浮かべた。

「アドルフ……愛しているわ」

「イリニヤ、私も愛している」

寝転んだまま口付けを交わし抱き合うと、イリニヤはいつの間にか眠ってしまった。

夜中に目が覚めたイリニヤは自分がアドルフの腕に抱かれて眠っていることに気付いて顔を綻ばせた。

アドルフはイリニヤのことをまるで大事な宝物のように扱う。

(だから、さっきみたいに激しいのは……珍しくて、わたしもなんだか夢中になってしまったというか……)

まるで獣のように激しく交わったことを思い出し、イリニヤは頬が熱くなるのを感じて身悶える。

後ろからする方法があるのは知っていたが、アドルフの顔が見えないのは不安だし別に興味はないと思っていた。しかし昨晩の交わりでイリニヤは認識を改めることにした。

(あんなに深く、激しく求められる交わり方なら……)

自分もより大胆になれた。

これからは先入観を捨ててなんでも試してみたほうがいいと思うイリニヤだった。

初夜で得た『先入観は捨てよう』という気付きはイリニヤの座右の銘となった。

公爵夫人となったイリニヤはいろんな識者と出会う機会に恵まれた。

まるで関係もないような畑違いの人物でも、必ず会話を持ち理解するように務めた。

知識や考え方、土地柄や着眼点。

様々なことが新たな刺激となりイリニヤの世界は広がった。

地理学の研究も進み、仲間も増え裾野が広がった。

結果まるで縁のなかった社交界でもよろず相談役として絶大な存在感を持つどころか、王家と社交界の橋渡し役のような重要な位置づけとなってしまった。

いつしかイリニヤは『マガレヴスト王国にイリニヤ・ヤルヴィレフトあり』とまで言われるようになった。

それを知ったときは大きすぎる看板に眩暈がした。そんなイリニヤを支えたのは勿論最愛の夫であるアドルフ・ヤルヴィレフト公爵とその後継者であるクリストフェル、そしてイリニヤとアドルフの子であるダーヴィドである。

ダーヴィドは初夜の交わりで授かったと思われる。

妊娠が発覚したとき、イリニヤは悩んだ。

子供を授かったことは嬉しいが、クリストフェルのことを思うと素直に喜べなかったのだ。

彼女は誰よりもクリストフェルが心配だった。

もちろんイリニヤもアドルフも子供に注ぐ愛を差別するつもりも区別するつもりもない。

だが繊細で賢いクリストフェルは、厭うことはなくとも気を遣うのではないかと思ったのだ。気遣うあまり、『愛さなければいけない』と負う必要のない義務のように感じてしまっては、まだ少年の域を出ないクリストフェルには重すぎると思ったのだ。

悩みに悩んだ末、イリニヤはバウマンに相談をした。

執事としての大事な仕事である銀食器磨きをしていたバウマンは、一瞬にして眉間に深いしわを刻むと目を見開いた。

「……は？　奥様、それは旦那様にご報告をされましたか……？」

「いえ、まずバウマンさんにご意見を伺いたく……」

それを聞いてバウマンは可哀そうになるくらいに青褪めて叫んだ。

「なにを馬鹿なことを仰っているのですか！　わ、私は聞かなかったことにいたしますので！　今すぐ旦那様にご報告なさってください！　今すぐ！　すぐ……!!」

バウマンに背中を押されアドルフの執務室に強制連行された。

仕方なくイリニヤは妊娠したことをアドルフに報告する。

アドルフは驚いて椅子から立ち上がり破顔して妻を抱き締めたが、すぐに複雑そうな顔をした。それに気付いたイリニヤはため息をつく。

「やはり気にしますよね……」

「あ、いや！　嬉しくないわけではないのだ！　ただ、フェルのことを考えると……すまない。君にも腹の子にも失礼だとわかっている。心の底から嬉しいのは本当だ」

ため息を非難だと思ったのか、アドルフは慌てて否定してイリニヤを抱きしめる腕に力を籠める。

イリニヤは小さく首を振るとアドルフの胸に身を預けた。

「ううん。わたしもフェルのことが心配で……。いい子だからきっと喜んでくれると思うの。でも、内心複雑なはず……」

もしアドルフとイリニヤの態度に愛情の差を感じてしまったら。

クリストフェルが自分だけ血が繋がっていない事を気にして、自分の存在意義を疑ってしまうかもしれない。

やっと過去を振り切り家族としてのいい形を構築しているのに、また心を閉ざしてしまったらと思うとイリニヤは胸が痛む。

「まだなにもなっていないうちから気に病むのはよくない。フェルは私たちの子だ、信じよう」

「ええ」

その日の晩餐のあと、クリストフェルに妊娠したことを告げた。

一瞬驚きに紅炎の瞳を見開いたクリストフェルは目を潤ませて眉を下げる。

「僕に……僕に弟か妹ができるのですか?」

声が震えて今にも泣きだしそうだった。

感情がひどく揺さぶられている彼の肩を、アドルフが無言で抱いた。

「ええ、フェルの弟か妹が、ここに」

なるべく事実だけを簡潔に伝えると、イリニヤはお腹(なか)を撫でた。

まだ膨らんでもいないが確かにそこに生命が存在することを示す。

「母上、僕……その子のお兄さんになってもいい、ですか？」

「もちろんよ！」

イリニヤが力強く肯定すると、クリストフェルの紅炎の瞳から涙が零れた。

「母上、ありがとう……僕を兄にしてくれて……ありがとう……っ」

「フェル……」

アドルフがポロポロと落涙するクリストフェルを抱きしめると、彼はまるで子供のように泣いた。

それにつられてイリニヤも泣き出してしまい、アドルフは二人を同時に抱き寄せることになった。

ふたりとも泣き止んで落ち着くと、クリストフェルがぽつりぽつりと話し始める。

彼は彼で、もしイリニヤに子供ができたときに祝福してあげられなかったらどうしよう、と心配していたのだという。

「生まれのことについては自分でも納得しているつもりなのですが、僕もまだまだ未熟で恥ずかしいです……。でも兄になるのだと思ったら、まだ見ぬ弟か妹が愛しくて堪らなくなって」

そんな風に感じることができた自分に安堵して泣いてしまった、と眉を下げて頬を染める。

「未熟だなんてそんなことないわ、フェル。あなたはとてもいい子だけれど、無理にいい子でいなければと思わなくていいのよ？」

人間は脆く弱いものだ。

無理にそれを隠そうとすると歪みが出る。

「嘘をつかないで、取り繕わないで。醜いと思ってもその感情と向き合うことが勇気よ」

イリニヤがクリストフェルを強く抱き締めると、彼も抱きしめ返す。

しかしすぐに「あっ」と声を上げた。

「なに？」

「駄目ですリーニャ！　お腹を圧迫しては……っ」

抱き締める腕を受け入れつつ身体を離そうとするクリストフェルがおかしくて、イリニヤはコロコロと笑った。

翌年イリニヤは無事に男子を出産し、ダーヴィドと名付けられた。

ダーヴィドは家族と屋敷の者みんなから愛情を注がれて育ったが、なかでも忙しいアドルフに代わってクリストフェルが深い愛情を注いだ。

ダーヴィドが初めて発した言葉は『ママ』そして『まんま（ごはん）』、その次に『フェル』だったことがそれを裏付けていた。

その事実にアドルフは激しく落ち込んだが、それを慰めたのもまたクリストフェルだった。

「父上、ダーヴィドがわたしの名前をこんなに早く憶えてくれたのは、父上や母上が私の名をたくさん呼んでくれたからです。私は父上からも母上からも、そしてダーヴィドからも愛されて嬉しいです」

「……フェルは本当にいい子だ……！」

金に近い薄い栗色の髪を乱すようにしてクリストフェルの頭を撫でたアドルフは、感慨深げに目を細めながら在宅でできる仕事を増やそうと心に決めたのだった。

イリニヤはひとりで温室にいた。

ダーヴィドが昼寝をしているため乳母に任せて息抜きをしに来たのだ。

愛する子供とはいえ、たまには肩の力を抜かないと身体も気力も持たない。

貴族ならば産んだ子供の世話や教育を乳母に任せるのが普通だ。

アドルフもそうしようとしたが、イリニヤは極力自分の手元でダーヴィドを育てることにした。

もちろん専門知識をもつ乳母を雇い大いにサポートしてもらったが、基本的にはイリニヤとアドルフ、そしてダーヴィドの成長に携わりたいと志願してきたクリストフェルが携わっている。

おかげで日々成長しているのが目に見えてわかり、家族がより強固な絆で結ばれているような気がしていた。

地理学の研究も、危険地図をもとにした都市整備も王家との関係もなにもかもが順調で恐ろしいほどだとイリニヤはため息をつく。

「来世が怖いわ……次はダンゴムシになるのでは」

特に輪廻転生主義というわけではないが、現在が幸せ過ぎて恐ろしい。

来世をダンゴムシとして生きる自分を想像したイリニヤは、それも案外悪くない、と考えていると後ろから声が掛けられた。

「ならば私も来世はダンゴムシだな」

「アディ」

麗しのヤルヴィレフト公爵は口の端を僅かに上げた。

もしかしたら来世の自分の姿に思いを馳(は)せているのかもしれない。

「アディをダンゴムシにするのは忍びないわ。せめて毛並みの美しい猫とか犬とか……」

イリニヤがいくつかの美しい動物を例に挙げると、アドルフは妻の腰をそっと抱いて身を寄せた。

「なんでもいい。君の隣にいられるのなら。今のうちに次も君の夫の座は予約しておこう」

低く甘い声は力強くイリニヤの鼓膜を震わせる。

イリニヤはこんな素敵なダンゴムシを生成するわけにはいかない、できれば人間にと神にこっそり願うのだった。

番外編

クリストフェルの日常

王立学院にはいつも名物となる生徒がいる。

今代はクリストフェル・ヤルヴィレフト公爵令息とビリエル王太子の二人だ。

ふたりとも飛び級を固辞して規定通り十四歳で入学し、同学年として机を並べている。

親同士の交流があるふたりは入学当初から仲がいい。

彼らの複雑に絡み合った生い立ち話は、好奇心旺盛な年頃の他の生徒の格好の噂の的になった。

本人たちに気にした様子はないが、中には面白おかしく噂をする者もいないわけではない。

しかしそういう者たちは、大人がなにかする前にクリストフェルやビリエルの為人(ひととなり)を知り自ら恥ずべきことだと気付き大人しくなっていった。

マガレヴスト王国に紳士淑女が増える所以(ゆえん)となりそうである。

ある日の放課後、帰宅の準備をしていたクリストフェルは不意に真面目な顔をした。

秀麗な顔をわずかに歪ませ、特徴的な紅炎の瞳を細める。

「……不思議なのだが、どうして私とビリエルはいつも隣の席なのだろう」

クリストフェルがポツリと零した呟きをビリエルが拾って笑顔で応える。

「なんでだろうね」

学院の教室の座席では学習への練度やその他諸条件を勘案して教師が決めている。

事情があれば途中で微調整することもあるのだが、入学から二年経ってもクリストフェルの隣はビリエルのままだった。

「もしかして僕の隣は嫌だった？」

顎に指を当てて黙ったクリストフェルを覗き込むようにしてビリエルは尋ねる。

その瞳には不安が色濃く浮かんでいた。

「いや、そうじゃない。ただ、君の刺激になるような子弟がたくさんいるのに勿体（もったい）ないと思ってね。皆が君と話したがっているのに、君はあまり自分から交流を持たないだろう？」

紅炎の瞳が静かにビリエルの頬を撫でる。

ビリエルはビクリと肩を揺らした。

立太子前のビリエルは引っ込み思案で、実の親である国王にあまり懐かなかった。

それゆえ国王である父から可愛がられることはあまりなかったが、王妃から余りある愛を与えられて育った。

長じてからも父親であるヘイケン国王を理解することはできても共感できなかったので、適度な距離感を保って政務以外の部分は反面教師としている。

ビリエルは王妃の下で才能を発揮し、王太子として輝かしい人生を歩んでいる。

自分が自分らしくいられるきっかけを作ってくれたクリストフェルには大いに感謝をしているし、もっと仲良くなりたいと思っているのだが、彼は一定の距離を保ってそれ以上近付いてくる気配がない。

嫌われているのかと思えばそうではない。

このようにビリエルのことを心配して他人と交流を持つようにと気に掛けたりしている。

(ああ、もう本当にクリストフェルは欠点が見当たらない。さすがは私の……)

ビリエルは喉まで出かかった言葉を慌てて飲み込む。

素晴らしい才能と人を引き付ける魅力を持っているのにそれをひけらかそうとしないクリストフェルはビリエルの目標だ。

だが、ビリエルは同級生という繋がりではなく、――もっと言うなら『クリストフェル・ヤルヴィレフト』としてではなく、もっと別の特別な呼び方で彼のことを呼びたくてうずうずしている。

それは本人の許可なく口にすること憚られるほどに繊細な問題だった。

ビリエルはいつでもその許可を手にしたくて二年以上その言葉を喉に詰まらせたままでいる。

「……僕には誰よりもっと、優先して交流したい人がいるんだ」

ビリエルは紅炎の瞳を見つめてから、視線がこちらを向く前にサッと目を伏せた。

もしも『それは誰か』と聞かれたら平静ではいられないと思ったからだ。

(でもクリストフェルはクールに『ふうん、そうか』とでも言うんだろうな)

それは君だよ、とはまだ言えない。

その資格を自分はまだ有していない。

ビリエルはツキンと傷む胸を押さえた。

「ふうん、そうか……ちょっとショックだな。君と一番仲がいいのは私だと思っていた」

「……っ！　クリストフェル、君……っ」

思いもかけないクリストフェルの言葉にビリエルは勢い込んで立ち上がる。

まだ教室に残っていた生徒がなんだなんだと注目するのを、なんでもない、と手を振って座りしたビリエルは顔を赤くして声を潜める。

「……っ、そうだけど！　僕と一番仲がいいのはクリストフェルだけど！　君、……本当に自重してくれないか。僕の心臓がもたない」

「ああ、ごめん。ビリエルといるとつい気が緩んでしまって」

釘を刺したつもりだったが、逆にビリエルの心臓に太い木の杭が突き刺さったような衝撃が襲いかかる。

（無意識なんだもんなあ……本当にたちが悪い）

胸を押さえ呼吸を整えるビリエルを横目で見たクリストフェルが、僅かに口角を上げた。

ビリエルとよく似た紅炎の瞳が悪戯っぽく煌めく。

「僕らはとても似ているよね。兄弟だから当然だけど」

「……っ！」

収まりかけた心臓が鼓動を止めるほどに驚き、ビリエルは息をするのも忘れてしまう。

パクパクと口を開けたり閉じたりする様子を見て、クリストフェルは吹き出す。

「ふは！　なんだい、その顔」

「くそ……っ、クリストフェルには敵わない……っ」

紅潮した顔で唇を尖らせながらブツブツと文句を言うビリエルに、クリストフェルは目を細めた。

「二人だけのときは特別にお兄ちゃんって呼んであげようか？」

「！」

二の句が継げないビリエルを横目で見る。

真っ赤になっている顔がなぜかまだ幼いダーヴィドと似ているような気がして、クリストフェルは声を上げて笑った。

あとがき

はじめまして、こんにちは。小山内慧夢です。

この度は拙作『一夜限りの関係なのに美貌の公爵閣下に気に入られました　年頃の男爵令嬢ですが、溺愛は結構です！』をお手に取って下さり、誠にありがとうございます。

ガブリエラブックス様からは四冊目となります、ありがたいことです（合唱）。

大人のあなたを満たせているのかいつも不安なのですが、それはほら、腹八分目と言いますからね！別腹もあるしね！

また性懲りもなく素っ頓狂なヒロインを書かせていただきました。

ヒーローで脱処女をするヒロインは多くあれど、このように貞操観念が薄いのはどうなのか、受け入れられるのかと不安に思いましたが、意外とするっと書けてしまいました。

それもヒロインであるイリニヤの素っ頓ゆえ。ありがたいな素っ頓狂設定、これからもお願いします素っ頓狂。

作中で地理学について触れていますが、おおよその予想通り小山内は地理学素人です。高校のときに地学の先生と意見を違えてからというもの、苦手意識が。いや、ミステリの本格と新本格の違いについて話しててね、熱くなったんですよ向こうが。ワタシワルクナイ（笑）。

ですからこれを通してなにか地理学に目覚めてほしいとかいう気持ちはないので、緩い気持ちで隙間時間に読んで下さったのなら意を得たり、という感じです。

あとがきを読んでいる皆様は既にご存知かと思いますが、本作は表紙イラスト、挿絵を鈴ノ助先生が担当してくださいました！

鈴ノ助先生ですよ？

鈴ノ助先生！（大事なことなので三回言いました）

大好きな鈴ノ助先生に自分が考えたキャラクターを描いていただけるなんて、本当に幸せです。ありがとうございます。小説書いててよかった……！

イリニヤもアドルフも、ラフのときから本当に素敵で心が洗われるようでした。

おかげで作品が華やかに、賢そうに見えます。感無量。

今回も編集担当N様には大変なご迷惑をおかけしました。いつもありがとうございます。

すぐに集中が切れてしまう小山内を見守ってくださった先輩、友人各位これからもよろしくお願いします。大好き。

そしていつも読んで下さる素っ頓狂容認派の読者様、小山内はあなた無しでは生きていけません。

だからずっと健やかでいてください。明日もいい日でありますように。

小山内慧夢

ガブリエラブックスをお買い上げいただきありがとうございます。
小山内慧夢先生・鈴ノ助先生へのファンレターはこちらへお送りください。

〒110-0016　東京都台東区台東4-27-5（株）メディアソフト
ガブリエラブックス編集部気付　小山内慧夢先生／鈴ノ助先生　宛

MGB-093

一夜限りの関係なのに美貌の公爵閣下に気に入られました
年頃の男爵令嬢ですが、溺愛は結構です！

2023年8月15日　第1刷発行

著　者　小山内慧夢（おさないえむ）
装　画　鈴ノ助（すずのすけ）
発行人　日向晶
発　行　株式会社メディアソフト
〒110-0016
東京都台東区台東4-27-5
TEL：03-5688-7559　FAX：03-5688-3512
https://www.media-soft.biz/
発　売　株式会社三交社
〒110-0015
東京都台東区東上野1-7-15
ヒューリック東上野一丁目ビル３階
TEL：03-5826-4424　FAX：03-5826-4425
https://www.sanko-sha.com/
印　刷　中央精版印刷株式会社
フォーマットデザイン　小石川ふに（deconeco）
装　丁　齊藤陽子（CoCo. Design）

ISBN 978-4-8155-4319-8